석탄에서 다이아몬드로

석탄에서 다이아몬드로

발행일	2018년 7월 18일		
지은이	김영진		
펴낸이	손형국		
펴낸곳	(주)북랩		
편집인	선일영	편집	오경진, 권혁신, 최예은, 최승헌, 김경무
디자인	이현수, 김민하, 한수희, 김윤주, 허지혜	제작	박기성, 황동현, 구성우, 정성배
마케팅	김회란, 박진관		
출판등록	2004. 12. 1(제2012-000051호)		
주소	서울시 금천구 가산디지털 1로 168, 우림라이온스밸리 B동 B113, 114호		
홈페이지	www.book.co.kr		
전화번호	(02)2026-5777	팩스	(02)2026-5747

ISBN   979-11-6299-227-2 03810 (종이책)   979-11-6299-228-9 05810 (전자책)

이 도서의 국립중앙도서관 출판예정도서목록(CIP)은 서지정보유통지원시스템 홈페이지(http://seoji.nl.go.kr)와
국가자료공동목록시스템(http://www.nl.go.kr/kolisnet)에서 이용하실 수 있습니다.
(CIP제어번호 : CIP2018021894)

김영진 에세이

석탄에서 다이아몬드로

좌절하고 고뇌하면서
20대를 보내다가
이제는 30대가 된,
한 남자의 청춘 비망록

북랩 bookLab

머리말

내 한 몸 역사를 한 번 바로잡고자 하노라

심히 감명스럽도다

하지만 까딱했다간 역사를 망쳐버릴 수도 있음이야

첫 번째 수필집 『산내외딴집』에 이어 두 번째 수필집 『석탄에서 다이아몬드로』를 출간하게 되어 매우 기쁘다. 2005년도에 '내가 생각하는 세계'로 책을 낼까 했는데 2010년도에 '내가 생각하는 세계 1편', 2018년 올해에 '내가 생각하는 세계 2편'을 내게 되었다. 8년 만에 책을 내니 감회가 새롭다.

1편에서는 청소년기를 마감하면서 책을 냈고, 이번 2편에서는 나의 (10)·20대를 마감하면서 책을 냈다. 내 수필로 많은 청(소)년들과 서로 공감대를 이뤘으면 좋겠다. 또한 해결책을 찾았으면 하는 바람이다. 청년의 시각에서 썼으니까 많은 부분이 가슴에 와닿을 것이다.

1편에 이어서 2편에서는 연애와 섹스 부분을 강조해서 수필로 집어넣었다. 연애 부분에서는 중학교와 대학교에서의 연애 이야기를 다루었다. 중·고·대학생들이 읽으면 깊은 감동을 줄것이다.

그리고 섹스 부분에서는 일반사람들이 잘못 알고 있는 성에 대한 지식을 바로 잡았다.

2편 『석탄에서 다이아몬드로』의 뜻은 '뜻은 석탄이 높은 압력과 열을 견뎌내고 변화해서 다이아몬드로 된다는 뜻이다. 이번 수필책은 그 의미가 남다르다. 이번 수필책으로 부와 명예 모든 걸 다 가지고 싶어서 심혈을 기울이고 온갖 정성을 쏟아부었다. 지금 가진 게 하나도 없다. 밑바닥에서 카지노의 잭팟을 터뜨리듯이 말 그대로 다 성취했으면 좋겠다.

내 수필집은 청소년부터 중장년층까지 누구나 쉽게 재미있게 다가갈 수 있는 수필 책이다. 너무 어렵지도 않고 너무 쉽지도 않다. 청소년이라면 수능 논술 준비하는 데, 청년이라면 취업논술 준비하는 데 큰 도움이 될 것이다.

아무튼 독자 여러분이 내 수필을 읽고 재미있고 많은 걸 얻어갔으면 하는 바람이다. 그리고 이 책을 내는 데 많은 조언을 해주신 (전)변산서중 고수영 교장 선생님께 감사드리고, 온갖 뒷바라지 다하며 키워주고 보살펴주신 할머니에게도 깊은 감사를 드린다. 또 하나 이 책을 혹시라도 읽으신다면 2004년 전북대학교 1학년 '작문의 이해' 수업을 하신 오미엽 강사님을 꼭 뵙고 싶다. 강사님, 저에 대한 소식을 들으신다면 연락주십시오. 꼭 한 번 뵙고 싶습니다.

여름의 문턱 익산 춘포에서

차례

문명

1만 1천 년 전 빙하가 녹기 시작하면서 지구상에 큰 변화가 일기 시작했다. 그 변화의 주인공은 바로 사람이다. 원시생활을 하던 사람들이 조직체를 만들고 사회 생활을 하면서 국가를 만들었기 때문이다.

원시의 상태에서는 그저 돌을 가공해서 짐승처럼 살았지만, 이제는 자연에 무늬를 입히고 색칠을 하는 문명과 문화의 상태로 변화한 것이다. 문명의 처음 단계이기 때문에 주로 구리를 사용하였고, 옥도 구리로 가공하여 장식을 하고, 다른 금속제를 합금해서 만들어 사용하기도 했다. 구리 문명을 이루었다. 이후에 구리와 주석을 합금하여 청동을 만들어 냈고, 나중에는 철기를 만들어냈다. 물질 문명이 시작된 것이다.

물질 문명을 크게 두 갈래로 나누면 현실적으로는 수렵을 하며 떠돌이 생활단계를 벗어나 농사를 짓기 시작했다. 이에 대표적인 유적지로는 우리나라의 요하 문명과 현재 인도·파키스탄 지방의 메르가르 문명이 있다. 그 밖에도 인도의 캠베이만, 팔레스타인 예리코 문명도 있다. 아직 발굴은 안 되었지만 세계 여러 곳에서도 이와 비슷한 문명권이 있었을 것이다. 이들 문명권이 서로 교류를 하며 살았다.

사람들은 이치를 따져 생각하기 시작하면서 과학 문명의 씨앗을 뿌렸다. 그 과학 문명의 씨앗이 1만 1천 년 전부터 시작됐다. 비록 처음이지만은 수준은 상당했다. 그 당시에 사람 이빨을 드릴링 하기도 했으며, 배도 만들어 바다에도 나갔다. 이빨 드릴링 증거는 메르가르·요하문명에서 그 흔적이 발굴되었고, 대한민국 경상남도에서 8천 년 전 만든 배가 발굴되기도 했다. 모든 역사는 현대사다.

예를 들면, 1만 년 전에 완성된 주역을 근대 서구 라이프니츠가 참고하여 인류 최초의 전자계산기를 만들었고, 닐스보어·하이젠베르크 등이 주역을 참고하여 현대 물리학의 최고봉인 양자역학을 만들었다. 물론 아인슈타인도 주역을 참고하여 상대성이론을 만들어냈다.

이렇게 사람들의 과학 기술이 쌓이고 쌓이다가 근대에 이르러 서양에서 과학 기술이 집대성되었고 현대에 이르러 최첨단 과학 문명의 꽃을 피워냈다. 1만1천 년의 사람들이 알몸상태에서 지구는 물론 달나라까지 정복하는 문명의 쾌거를 이루어냈다.

인류 문명이 언제 멸망할지는 몰라도 적어도 천 년은 더 갈 것이다.

순박한 우애

　어느 한가한 날, 라일락 담배를 하나 입에 물고 음악방송에서 파이브돌스의 '너 말이야'를 듣고 있다. 노랫말이 나에게 너무 애틋하게 다가온다. 왜냐하면 내 중2 때 첫사랑 이야기와 완전 똑같기 때문이다.

　중학교 2학년 내 나이 15살 때 한 예쁜 여자아이와 같은 반이 되었다. 중1 때도 몇 달 같은 반이었던 적은 있었으나 별로 친하지도 않았고 말도 두 번밖에 섞지 못했다. 그런데 갑자기 중2 때 같은 반이 된 후로 그 여자애가 나를 달리 대하기 시작했다.

　중1 때는 나한테 눈길 한 번 안 주고 서로 소 닭 보듯 하는 사이였는데 갑자기 대하는 태도가 달라졌다. 무슨 새끼고양이가 쥐를 가지고 놀듯이 날 괴롭히기 시작했다. 정말로 숨이 막힐 정도였다.

학교 등교하는 순간부터 나의 일거수일투족이 모두 그 여자애의 관심사였다. 매점을 가든, 누구랑 싸우든, 하품을 하든, 공부를 하든……. 내가 하는 것이면 무엇이든지 인상 깊어했다. 특히 내가 공부하는 모습을 무지무지하게 좋아했다. 수학 공부를 하고 있는데 뛰어오면서 넋을 놓고 내가 수학 문제를 푸는 모습을 지켜보던 것이 아직도 기억에 떠오른다.

그 여자애가 나한테 애정을 쏟아주면서 내 삶이 변하기 시작했다. 그 애를 만나기 전에는 내 삶은 사막과도 같았는데 그 애를 만나고 나서부터는 밋밋하고 삭막한 사막 위의 지상낙원과도 같은 오아시스처럼 변하였다.

난 중1때 무조건 공부만 했다. 왜냐하면 성공하기 위해서이다. 성공이라는 명분에 의해서 스펙의 삶을 살았다. 하지만 그 여자아이는 성공보다는 삶의 과정 속에서 행복의 가치를 느끼는 게 더 중요하다는 것을 나한테 알려주었다. 마치 아버지가 나한테 그랬던 것처럼… '사랑은 모든 지식의 어머니'라고 했던가. 산내 외딴집이 나한테 '수수함'이라는 행복의 가치를 느끼게 해주었다면 그 여자애는 나한테 '행복이란 스펙이 아니라 삶의 매 순간을 가치 있게 보내는 것이다'라는 것을 느끼게 해주었다. 우리의 최고의 행복의 가치는 바로 깨끗한 눈과 같은 '우애'이다.

우리는 학교 교실에서 아주 몰래 순박한 우애를 나누었다. 연애를 몰래 해야 스릴이 있고 김이 새지 않는다. 마치 샴페인과 똑같다. 꽃다운 15살처럼 서로의 꽃밭에 라일락과 백합을 꽃 피웠다. 라일락의 꽃말은 연인의 사랑이 아닌 친구의 사랑과 우정이다. 연인의 사랑처럼 다른 이들한테 공개하지 않아도 서로 마주 보고 가만히 있어도 모든 걸 느낄 수 있다. 또한 백합처럼 순수하고 순결했다. 열정적이지만 백두산 천지물처럼 깨끗했다.

서로 만지지 않아도 발전기의 자석과 코일이 서로 접촉하지 않아도 전기를 만들어 내듯 서로 교감하며 사랑의 성을 완성해 나갔다. 마치 변산반도 노루목에서 어린애들이 모래성을 쌓으며 놀듯이 말이다. 또한 있는 듯 없는 듯 서로의 '순박한 우애'라는 작품을 농사꾼 부부처럼 지었다. 15살 풋풋한 나이에 설레는 느낌으로 온몸이 불타오르는 우리는 순박한 우애로서 만남의 샴페인을 터뜨렸다. 합일(合一)을 이루었다. 이 설레는 느낌은 마치 청량음료와 같다.

대한민국은 세계에서 가장 정열적인 나라라고 한다. 가장 정열적인 나라에서 가장 정열적으로 서로에 대해서 불태운 바로 이 느낌 영원히 간직할 것이다. 마치 히틀러 벙커와도 같은 핵폭탄이 터져도 끄떡없는 바로 그곳에….

몸:
섹스가 문화코드로 변천하는가

요즘 대한민국의 문화코드는 한마디로 섹스이다. 섹스 문화가 온 대한민국을 휩쓸고 있다. 대한민국은 물론 전 세계가 이런 문화 흐름이다. 걸그룹 뮤직비디오를 봐도 그렇다. 채찍을 매만지거나 남자 모델을 묶어놓고 채찍으로 때리는 장면, 춤을 추다가 갑자기 치마를 확 재치는 동작을 선보인다. 리비도를 정복한 자가 세상을 정복한다.

현 시대의 사조(思潮)는 섹스이다. ―어떤 시대나 계층에 나타나는 공통적이고 일반적인 사상의 흐름― 정확히 말하자면 리비도(libido)일 것이다. 일부에서는 부정적으로 보는 경향이 있지만, 지금까지 억압되고 외면되었던 섹스가 이제는 표면으로 분출되고 있는 것은 자연스럽고 긍정적인 현상이다. 마치 아랍에서 밸리 댄스가 성행한 것과 비슷한 이치이다. 하지만 현 섹스 문화는 너무 문란하고 혼탁함과 동시에 표피적인 수준에 머물고 있다.

섹스는 중요하다. 왜냐하면 섹스는 사람이 누릴 수 있는 최고의 경험이기 때문이다. 양인 남자의 몸과 음인 여자의 몸이 서로 만나 음양의 조화를 이루는 섹스는 이 세상에서 가장 고귀하고 귀중한 현상이다. 오죽하면 옛날 신라에서는 섹스를 '신국의 도'라고 했다. 또한 섹스를 통해서 새로운 생명체가 탄생을 하고, 섹스는 삶의 뿌리이기 때문이다. 어쩌면 섹스가 삶의 모든 것일지도 모른다.

국어사전을 찾아보니 '섹스는 성기결합', 이렇게 나와 있다. 하지만 이건 피상적인 접근이고 큰 오해를 불러일으킨다. 섹스의 핵심을 놓치고 있다. 섹스를 달걀 프라이로 설명하면 현 섹스는 계란 노른자는 간과한 채 흰자만 추구하는 격이다.

섹스의 흰자는 성기결합이지만 섹스의 노른자는 바로 생체전기에너지이다. 섹스의 온전한 만족을 위해서는 이것을 이해해야만 한다.

또 섹스에 대한 가장 큰 오해는 바로 오르가즘과 사정이다. 흔히 오르가즘과 사정을 동일시한다. 하지만 이건 큰 착각이다. 오르가즘과 사정은 전혀 별개의 것이다. 아예 다르다. 사정은 단순한 생리적 반응일 뿐이다. 이 생리적 반응은 높은 쾌감과 에너지 대방출을 수반한다. 내가 생각하는 완벽한 섹스란 바로 '사정 없는 섹스'이다.

오르가즘은 남녀의 생체 전기 에너지가 서로 교류를 할 때 일어난다. 남녀의 몸에서 스파크가 뛸 때 오르가즘이 일어난다. 무턱대고 성기결합만 해서는 완전한 오르가즘에 도달할 수 없다. 남녀가 충분히 감응이 된 상태에서 교감 있는 섹스를 해야 오르가슴을 충실히 느낄 수 있다. 그냥 무턱대고 섹스에 임할 거라면 아내나 여자친구와 섹스는 별 의미가 없다. 키스방이나 사창가 등 성행위업소 가서 하는 거랑 별반 다를 바 없다.

완벽한 오르가즘을 느끼고 싶다면 성 초월을 해야 한다. 인도 말로는 성 초월을 브라흐마차리아라 한다. 성 초월을 오쇼 라즈니쉬는 『섹스란 무엇인가』란 책에서 자세히 설명을 하고 있다. 섹스가 석탄이라면 브라흐마차리아, 즉 성초월은 다이아몬드이다. 그릇에 비유하자면 섹스는 일반그릇이라면 브라흐마차리아는 고려청자, 조선백자에 비유할 수 있겠다. 브라흐마차리아는 바로 완벽한 성 경험을 의미한다. 성 초월을 이해하고 실천한 사람은 에로스(eros)로부터 선택받고 축복받은 사람이다. 섹스를 완벽하게 깨달은 사람이다.

내 아버지도 브라흐마차리아를 경험했고, 또한 나도 경험했다. 여자를 못 만진다는 거하고, 안 만진다는 거하고는 차원이 다르다. 단순한 섹스를 하는 사람은 쾌감을 '홍콩 간다'고 표현한다. 하지만 브라흐마차리아의 쾌감은 달나라에 가는 정도이다.

내 아버지는 내 어머니가 돌아가시자 혼자 지냈다. 늑대는 평생 한 명의 암컷만 품다 죽는다. 재혼을 하거나 술집이나 다방 가서 다른 여자와 몸을 섞지는 않았다. 아버지는 어머니를 진정으로 사랑했고, 아버지의 가슴속에는 오직 한 여자만 자리 잡고 있었기 때문이다. 부전자전이라던가 나도 아버지의 피를 물려받았는지 중2 때 여자친구와 사귀면서 절대 내 여자 몸에 손끝 하나 대지 않았다. 솜털 하나 건드리지 않았다. 달리 말하면 이율배반적인 연애를 했다. 완벽한 성적 쾌감은 바로 여자 몸을 전혀 손대지 않는 데 있다. 모순은 말이 안 되지만 이율배반은 말이 되는 소리이다.

지구는 탄소 조합으로 이루어져 있다. 사람도 마찬가지로 탄소로 이루어져 있다. 섹스는 탄소이다. 어떻게 조합하느냐에 따라 다이아몬드도 되고, 석탄도 된다. 섹스가 석탄이라면 성 초월은 바로 다이아몬드이다. 무조건 단순하게 성기결합만 해서 사정하는 것은 형식적 섹스일 뿐 실질적 섹스로 보기는 어렵다.

일반 늑대들은 섹스를 원하지만 진정한 늑대(에로스로부터 선택받은 사람)는 바로 섹스 초월, 즉 브라흐마차리아를 원한다. 요즘 세상은 웰빙 세상이다. 그냥 사는 게 아니라 잘사는 것이다. 섹스에도 그냥 섹스 말고 웰빙 섹스가 필요하다.

스킨십

요즘은 연애시대이다. 길거리를 지나가도 팔짱을 끼며 돌아다니는 연인들의 모습을 많이 보게 된다. 솔로인 사람은 거리도 혼자서 못 걸을 지경이다. 커플들이 마냥 좋아만 보인다. 하지만 빛이 강하면 그림자도 강하듯이 연인 사이에도 트러블은 있다. 바로 스킨십 문제이다. 서로 동의하에 자연스럽게 스킨십을 하면 별문제가 되지 않지만 그렇지 않은 경우에는 심각한 문제가 되기도 한다.

여자는 남자를 만나 사랑을 하고 싶어한다. 손만 잡아도 행복하다. 남자도 여자를 만나 사랑을 하고 싶어한다. 하지만 남자의 사랑은 섹스와 관련되어 있다. 여자와의 잠자리를 통해 정복 욕구와 쾌감을 느끼고 싶어한다. 남자는 그래야 큰 행복감을 느낀다고 생각한다. 그래서 대부분의 남자들은 진도 빼기에 열중한다. 하지만 여자는 그렇지가 않다. 여자한테 몸이란 자신의 생명과도 같은 것이기 때문에 아무리 남자친구라 해도 쉽게 허락할 수가 없다. 서로의 이해가 완전히 상반된다.

너무 스킨십에만 매달리면 연애를 오래 지속할 수 없다. 바로 스킨십의 한계효용의 법칙 때문이다. 중학교 가정시간에 배웠을 것이다. 목이 마른 상태에서 우유 한 컵을 먹으면 그 만족감은 이루 말할 수 없다. 우유 두 컵을 마시면 그 만족감은 줄어든다. 이렇게 계속 우유를 마시다 보면 마셔도 별 만족을 못 느끼는 권태기가 되고 아예 마시기가 싫어지는 지경까지 온다. 우유라는 단어를 스킨십으로 대체하면 연애 시의 진도 빼기와 같다.

스킨십은 배를 몰고 항해하는 것과 같다. 유능한 항해사는 바다에 나갈 때 물때에 맞춰 배를 항해한다. 무턱대고 나갔다가는 역풍과 파도에 막혀 원활한 항해를 할 수가 없음은 물론이고 배가 손상을 입고 자칫하면 파괴가 될 수도 있다.

스킨십이란 배도 마찬가지이다. 무턱대고 상대방을 만져서는 안 된다. 무턱대고 상대방을 만지면 오해와 다툼의 빌미가 되고 자칫 스킨십이란 배가 손상되거나 파괴될 수 있다. 무턱대고 만지는 것은 스킨십의 표피밖에 머무를 수 없다. 때를 맞추어 잘해야 한다.

때를 잘 맞추어 상대방과 감응이 된 상태에서 교감 있는 스킨십을 해야 한다. 그래야만 피부 깊숙이 스며드는 스킨십을 할 수 있고 연인 둘 다 행복하다. 무턱대고 하는 스킨십은 피부 표피에 머물고 바딩 수준에 머물게 된다. 바딩과 함께 필링을 해야 한다. 스킨십이 피부 표피에만 머물지 말고 속까지 깊이 들어가는 알찬 스킨십을 해야 한다. 그래야 완전한 스킨십이다. 해피 얼론이 아니라 해피 투게더이다.

가장 완벽한 스킨십은 아예 여자 몸을 만지지 않는 것이다. '에고 없음'을 경험하란 말이다. 바로 만족을 경험하란 말이다. 에고는 예쁜 여자를 보면 말 걸고 싶고, 손을 잡고 싶고, 진도 빼고 싶어 잠자리에 들고 싶어한다. 하지만 에고는 늘 불만족한다. 스킨십은 탄소이다. 어떻게 하느냐에 따라 석탄이 될 수도 있고, 다이아몬드도 될 수 있다. 어디를 만지든 스킨십을 석탄이 아닌 다이아몬드로 다형화 시키는 게 중요하다. 스타킹 신은 다리를 만지는 것만으로도 충분한 느낌을 얻는다면 굳이 더 이상의 진도를 나갈 필요가 없다.

여자친구를 만지지 않아도 가만히 있어도, 같이 붙어만 있어도 좋다면 그게 만족이다. 여자 다리를 만지고 그 이상의 스킨십을 원한다면 불만족이다. 여자 몸을 만지는 것이 중요한 게 아니라 만지면서 만족한 느낌을 얻는 게 중요하다. 무조건 만지는 데에 의미를 다고 무턱대고 만진다면 연예인 여자친구를 저버리고 가수 세븐처럼 마사지 업소 가는 거랑 별반 다를 게 없다. 여자 다리를 만지는 것으로 만족한다면 굳이 마사지업소로 갈 필요가 없다.

먼 옛날 부처는 섹스를 초월하라고 제자들에게 말했다. 섹스를 외면하건 억압하는 게 아니라 초월하라는 것이다. 난 중학교 때 내 여자친구와 몰래 연애를 하면서 여자친구 몸에 붙은 털끝 하나 건드리지 않았다. 스킨십을 초월했으니 굳이 만질 필요가 없다. 같이 있는 것만으로도 행복한데 굳이 무리수를 둘 필요가 없었다.

　남자 측에서 여자의 동의를 얻지 못하고 섣부르게 스킨십을 하는 경우가 특히 그렇다. 또한 교묘한 술수를 동원하여 스킨십을 거지처럼 구걸하는 정크 늑대(픽업아티스트)들도 그렇다. 일반 늑대는 스킨십을 구걸하지 않는다. 여기서 한발 더 나아가 진정한 늑대들은 굶더라도 절대로 남이 먹다 버린 스테이크 따위에는 절대 접근하지 않는다.

　스킨십도 무턱대고 하는 정크 스킨십보다는 웰빙 시대에 맞추어 웰 스킨십이 이루어져야 한다.

육상 선수

2000년 5월 어느 날 미술 선생님의 지목으로 평범한 학생에서 갑자기 육상 선수가 되었다. 부안에서 육상 대회가 있는데 학교에서 장거리 달리기를 내가 잘했기 때문에 장거리 달리기 선수로 모집되었다. 전라북도 각 군에서 이런 대회를 벌여 1등 한 사람을 뽑아서 도 대표로 따로 훈련시키는 거였다.

육상선수로 지목된 후로 수업 끝나고 학교 운동장을 돌며 달리기 연습을 했다. 집에 가서도 마을을 달리며 연습을 했다. 학교에 육상부가 없기 때문에 혼자서 할 수밖에 없었다. 체력안배, 스피드의 강약, 달리기 전법 등을 혼자서 스스로 공부해서 연습했다. 나 혼자서 육상 코치인 동시에 선수인 것이다.

내 달리기 주요전법은 '밀착 전법'과 '무작위 전법'이다. '무작위 전법'은 말 그대로 아무 작전 없이 무작정 뛰는 것이고, '밀착 전법'은 앞서 나가는 선수의 뒤를 바짝 쫓아 달리다가 마지막 순간에 앞서 나가는 전법이다. 육상이란 고도의 전략을 요구하는 운동이다.

이렇게 한 달 반의 연습을 한 후 드디어 부안초등학교로 대회를 나가게 됐다. 100m, 200m, 400m 계주 등 초등부와 중등부 시합이 끝나고 맨 마지막에 중등부 장거리 달리기 시합이 시작되었다. 두근대는 마음을 잡고 준비선에 섰다. 드디어 "탕" 소리와 함께 시합이 시작되었다. 난 내 전법대로 가장 앞에 달리는 사람 뒤를 바짝 뒤쫓았다. 처음에는 그럭저럭 선두권에서 잘 뛰었다. 경기가 중반전에 이르자 선두로 달리던 사람은 힘이 빠져 맨 뒤에서 걸었다. 내가 선두로 앞서나갔다. 선두로 나가자 다른 선수가 내 뒤를 바짝 뒤쫓았다. 죽을 듯이 힘들었지만 그래도 선두를 유지하며 꾹 참고 달렸다. 그러나 점점 지쳐가기 시작했다. 그러다가 결국 500m를 남겨두고 중도 포기하고 말았다. 너무 힘들었기 때문에 어쩔 수 없었다. 주위에서 왜 포기했냐며 아쉬워했다.

시합을 중도 포기하고 너무 아쉬웠다. 그리고 정말 나 자신도 이해가 안 되었다. 패인의 주요소는 바로 오버 페이스였다. 어떻게 내가 초반에 오버 페이스를 범하는 실수를 했을까…. 가장 큰 패인은 아무래도 경험 부족이었다. 초등학교 때 육상대회를 적어도 한 번이라도 나갔으면 이런 실수를 하지 않았을 텐데 너무 아쉬웠다.

알고 보니 5,000m 장거리 달리기에서 승리한 선수는 육상부 선수였다. 종일 달리기만 하고, 시합도 자주 나가고, 시합 때는 코치의 지시까지 받으면서 달리니 이길 수가 없었다. 내 기술에 내가 당하다니 참으로 어이가 없었다.

　시합이 끝난 후 학교에 돌아가니 사회 선생님이 왜 500m 남겨 놓고 포기했냐고 천천히 몇 바퀴 돌다가 다시 뛰면 2등은 할 수 있었지 않냐며 아쉬움을 토로했다. 하지만 난 경보선수도 아니고 여기 산책하러 나온 것도 아니다. 난 장거리달리기 선수이기 때문에 걸을 수는 없었다. 그래도 마냥 아쉬웠다. 금상은 아니더라도 은상은 탈 수 있었다. 난 금보다 은을 좋아한다.

　조금만 조금만 더 달렸으면 됐는데….

미술

●

●

   티비에서 전북도립미술관에서 피카소 샤갈 등 유명 화가들의 작품을 전시한다는 광고가 나왔다. 돈이 없어 머리도 못 깎고 신발도 못 사고 있는데 세계 거장들의 미술작품이 전주에 온다니 이번 아니면 다시는 기회가 없을 거 같아서 큰맘 먹고 거금 1만 원을 가지고 전북도립미술관으로 가게 됐다.

   전북도립미술관에 도착해서 전시관에서 화가들의 작품을 볼 때 믿기지가 않아 미술관 직원한테 진품이 확실히 맞냐고 거듭 문의했다. 피카소 같은 유명화가의 그림은 한 작품당 400억 원에 버금간다니 실로 놀라울 따름이었다. 유명화가들의 수많은 작품들을 구경하면서 다 좋았지만, 특히 내 마음을 확 끄는 게 두 가지가 있었다. 그건 바로 루치노 폰타나의 작품과 미술관 벽면에 새겨진 명언 한 줄이었다.

루치노 폰타나의 작품은 화폭에 칼로 선 세 개를 그어놓았다. 이것의 감정가가 10억이란다. 유명화가들 작품들 중에서 루치노 폰타나의 작품이 제일 맘에 든다. 마치 내 작품 『산내외딴집』을 보는 듯하다.

명언은 영국의 중수필 작가 프란시스 베이컨이 한 말인데 "누구도 해낸 적 없는 성취란 누구도 시도한 적 없는 방법을 통해서만 가능하다(If we are to achieve results never before accomplished, we must expect to employ methods before attempted)."이다.

이거 두 개면 됐다. 1만 원 관람비가 하나도 아깝지 않았다. 아니 10만 원을 내도 아깝지 않은 전시회였다. 그 무엇과도 바꿀 수 없는 값어치였다.

피카소, 샤갈 등 유명한 화가들의 작품은 한결같이 꼭 유치원이나 초등학생들이 낙서해놓은 것만 같았다. 일반인의 머리로 고졸의 경지에 이른 예술가들의 생각을 이해하기가 쉽지는 않았다. 너무 추상적이어서 그런지도 모르겠다. 아무래도 기존의 예술의 형에서 너무 많이 벗어나서 이해가 안 되는 게 가장 근접한 답일 것이다. 기존의 형을 아예 벗어나서 독창성과 신선미를 내세워 자기를 표현하니 쉽게 이해가 안 가는 게 정답이다.

예술이란 평범함에서 특별함을 만들어내는 것이다. 그림 그리는 화가의 삶과 글 쓰는 작가의 삶, 하나의 작품을 만드는 일은 매우 힘들고 고된 일이다. 화가는 하나의 의미를 화폭에 작가는 종이 위의 글 속에 담는다. 마치 도장공들이 평범한 흙을 특별한 도자기로 만드는 작업하고 비슷하다. 한낱 보잘것없는 흙을 예술가의 손을 거치면 어느새 귀중한 도자기가 된다. 예술가는 그 흙 속에 자신의 혼과 열정과 모든 에너지를 담아내어 표출한다.

버스 타고 가면서 뿌듯했다. 좋은 경험이었다. 내가 세계의 미술가들을 보면서 느꼈던 감정을 독자들이 내 책 『산내외딴집』을 읽으면서 느꼈으면 좋겠다.

실력과 기능

내 나이 29살…. 문득 잠이 들려다가 우리나라 교육에 대해서 생각을 했다. 난 속셈학원부터 초등학교, 중학교, 고등학교, 대학교(중퇴)까지 정규교육을 무사히 다 마쳤다. 학교를 아무 탈 없이 다녔다는 데 뿌듯함과 동시에 왠지 모를 허전함이 마음속 한 구석에 자리 잡았다. 단팥 빠진 호빵 느낌이랄까, 앙꼬 빠진 찐빵 느낌이랄까…. 속 빈 강정 같은 느낌이었다.

우리나라 교육은 전형적인 주입식 교육이다. 일제 시대 일본이 산업혁명시대의 독일식 교육을 그대로 수입한 학교제도를 식민지인 우리나라에 보급하면서 그 기틀을 마련하게 됐다. 산업혁명시대의 독일식 교육은 교육을 통해 사람들에게 생각하는 방법을 알려주는 것이 아니라, 생각할 줄 아는 인간을 말없이 명령에 복종하는 일원, 즉 자동차의 한 부품처럼 한 가지 기능만을 수행하는 인간기계를 만드는 것을 목적으로 탄생한 것이다.

독일식 교육을 개조해 막대한 산업노동력을 찍어낼 수 있게 만든 것이 우리가 말하는 '국민교육'이다. 독창적이고 창의적으로 새로운 지식을 이용하는 그런 교육이 아니라 공장에서 찍어낸 제품처럼 틀에 박혀 남이 시키는 대로 정확하게 일을 행하는 기계 같은 인간, 즉 로봇을 키우는 곳이다. 학생들의 개성을 키우는 곳이 아닌 타성적인 기계로 키우는 곳이다.

국민교육에서 창의성을 찾기란 매우 힘든 일이다. 지식을, 남이 만들어 놓은 이론을 기계처럼 반복적으로 암기할 뿐 지식을 응용하고 특성화해 진정 자신의 것으로 만들지는 못한다. 학교란 곳은 학생들이 생각하면서 실력을 키우게 만드는 곳이 아니라 남의 생각에 맞춰 쫓아가야 하는 곳이다.

조각가를 가르치는 곳이 아니라 석공을 키우는 곳이다. 세상을 살아가는 데 있어 가장 중요한 것은 주어진 것을 잘 암기하는 것보다 스스로 생각해서 창조해내는 기술이다. 마치 조각가와 석공에 비유할 수 있겠다. 기능보다는 실력을 키워야 한다. 남이 만들어놓은 지식은 남의 것일 뿐이다.

진정한 실력은 바로 창의력과 응용력이다. 지식을 사색과 경험을 통해 내 것으로 만들어야 한다. 수용적 능력보다는 창조력 능력이다.

예를 들면 현대물리학의 창시자 아인슈타인도 상대성이론을 만들 때 특수상대성이론의 첫 번째 가정 '상대적으로 일정한 속도로 움직이는 기준계에서는 모든 물리법칙이 동일하다.', 두 번째 가정 '자유공간에서의 빛의 속력은 모든 관성기준계에서의 같은 값을 가진다.' 이렇게 두 발상을 얻기까지 무려 5년여의 시간이 걸렸다. 하지만 이 두 가정을 얻고 나서 수식으로 풀어내서 논문을 완성하는 데는 2주의 시간이 걸렸다. 아인슈타인은 '상상력(직관력)이 지식보다 중요하다'고 말했다.

어떤 문제를 풀려 할 때 수학자이든, 작가이든 문제풀이 공식을 외우기보다는 그 문제를 풀어내는 발상을 얻는 것이 중요하다. 현 대한민국에서 노벨상 수상자가 나오지 않는 이유는 현 교육이 문제의 핵심을 파악하고 풀어내는 발상을 얻어내는 교육을 중시하는 게 아니라 무조건 문제에 공식을 대입하여 답을 얻어내는 데 치중하고 있기 때문이다. 우리나라에 많은 교수들이 있지만 책을 직접 쓰지 못하고 남의 나라 교수가 쓴 책을 번역하는 수준에 그치는 이유도 바로 이런 이유 때문이다.

생각하지 않고 지식을 그저 암기하고 주어진 대로 살다 보면 평생 남이 만들어 놓은 가치관, 기준 속에서 경쟁하며 살게 된다. 설사 돈은 많이 벌게 될지는 몰라도 진정한 자신의 삶을 살 가능성은 떨어진다. 내 인생이 아닌 남의 인생을 살 수밖에 없다. 스스로 삶의 가치와 의미를 만들어내는 사람이 진정한 자신의 삶을 살 수 있다.

미래는 제4의 물결의 시대이다. 창조와 주관의 시대이다. 분석력도 중요하지만, 직관력이 더욱 중요한 시대이다. 이 세상은 전쟁터이다. 남이 칼을 들고 승부를 걸면 나는 총을 들고 승부를 봐야 한다. 남이 총을 들고 승부를 보려고 하면 난 대포로 승부를 봐야 한다. 분석력이 총이라면 직관력은 대포에 비유할 수 있다. 교육은 백년지대계이다. 생각을 하는 사람만이 리더가 될 수 있고 이 세상을 주도적으로 내가 원하는 대로 살 수 있다. 그렇지 않으면 남한테 이끌려 다니는 내가 원하는 삶이 아닌 남이 원하는 소모품적인 삶을 살 수밖에 없다.

앞으로의 세상은 지식이 아닌 생각하는 사람을 원한다.

대통령

박근혜 님이 2013년 2월 25일 정식으로 대한민국 제18대 대통령이 되었다. 왠지 기대가 크다. 그리고 설렌다. 앞으로 국정 5년 동안 대한민국을 어떻게 변화시킬지 정말 생각만 해도 흐뭇하다.

가장 기대가 되는 것은 우선 경제이다. 우리나라는 지금 장기적인 불황과 저성장률로 신음하고 있다. 국민이 열심히 일해도 입에 풀칠하기도 힘든 실정이다. 또한 빈익빈 부익부 현상으로 인해서 더욱 악화되고 있는 실정이다.

첫째로, 이를 해결하는 게 우선 급선무이다. 2013년 우리나라 경제성장률이 3%일 것이라고 IMF에서 저평가를 했다. 하지만 대한민국은 2013년 5% 경제성장이 충분히 가능하다. 또 앞으로 여의도의 140배(대한민국 영토의 0.4%)에 달하는 새만금이라는 신대륙이 부상해서 대한민국을 먹여 살릴 것이다.

우리나라는 서구열강이 300년간 공들여서 이루어놓은 경제를 불과 30년 만에 이루어냈다. 대한민국 모든 국민들이 합심하고 박정희 대통령이 견인차 역할을 해서 이루어낸 결과이다. 한때 세계 5대 경제 강국이었던 아르헨티나를 개발도상국으로 격하시킨 IMF를 우리나라는 불과 2년 만에 탈출했다. 5% 그 이상도 가능하다.

국민소득 3만 달러 시대, 경제민주화와 더불어 또한 중요한 것은 바로 부의 양극화 해소이다. 박근혜 대통령 공약대로 중산층 70%를 복원해야 한다. 더불어 물가 안정도 함께해 국민 경제를 안정시켜야 한다. 박근혜 대통령 아버지 시절에 버금가는 제2의 민족 중흥을 이끌어내야 한다.

둘째로, 남북관계를 더욱 발전시키는 것이다. 한나라당이 보수 정당이지만 북한을 적대시하는 건 안 된다. 북한 정권을 미워해도 북한 사람을 미워해서는 안 된다. 문물 교류와 식량 지원을 더욱 확대해서 민족의 동질성을 지켜나가야 한다. 또한 박근혜 대통령 말대로 남북한이 자유 왕래하는 준통일 상태를 만들어야 한다. 금강산 관광사업을 했으니 백두산 관광사업도 추진하고 개성공단 같은 경제지구를 여러 개 만들어 북한의 경제 수준을 한국의 경제 수준과 동등하게 만들어 놓아야 한다.

셋째로, 미국과의 재협상을 벌여 탄도미사일 사정거리 1,000㎞~1,200㎞로 늘려야 한다. 베이징과 도쿄를 탄도 미사일 사정거리 안에 두어야 동북아에서 대한민국의 입지가 넓어진다. 더불어 전쟁억지력이 강해진다. 지금 중국이 세계 1위, 즉 패권국가로 발돋움하려고 하고 있다. 이 상황에서 미국처럼 폴리스 국가 행세를 하며 무력행사를 할 가능성이 커지고 있다. 많은 전문가들이 중국과 일본의 전쟁 가능성을 제기하고 있다. 전면전은 아니더라도 국지전 양상으로 진행될 것이라고 말이다. 이 상황에서 자칫 잘못하면 대한민국은 샌드위치 신세가 될 수도 있고, 중국의 무력 행사 희생물이 될 수도 있다. 이 상황에서 우리나라가 북경과 도쿄를 사정권 안에 두고 탄두 중량 1,000㎏의 탄도 미사일을 보유하면 우리나라는 안전해진다. 만약 중국이 무력 행사를 해올 경우 중국은 대한민국의 군사적 보복을 감수해야만 한다. 대한민국의 영토 97배에 달하는 강대국 중국이라고 할지라도 감히 대한민국을 함부로 할 수 없다. 말 그대로 전쟁 억지력이 생긴다.

이승만 정권 시절 일본이 독도는 자기네 땅이라고 우기자 바로 독도로 군대를 파견해서 독도를 지켰다. 지금 중국이 이어도가 자기네 땅이라고 우기고 있다. 왜냐하면 이어도 석유매장량이 세계 4위이기 때문이다. 거기다 어장자원에다가 지정학적 위치까지 너무나 좋다. 그런데 우기기만 할 뿐 군대를 동원하여 이어도에 진출하는 짓은 절대 못 한다. 영국이 아르헨티나 포클랜드를 무력으로 뺏거나 이란이 호르무즈 해협을 봉쇄하듯이 이어도에서 무력시위를 벌이거나 이어도 해역을 봉쇄할 수 없다. 이어도 해역을 봉쇄하면 대한민국은 4주 안에 마비되고 만다. 만약 중국이 그럴 시에는 탄두 1,000kg짜리 탄도미사일 100발이 바로 베이징에 떨어질 걸 각오해야만 하기 때문이다. 이게 100발이 될 수도 있고, 200발이 될 수도 있다. 실제로 탄도미사일 수백 발이 베이징에 떨어질 경우 베이징은 바로 석기시대로 돌아간다.

일본도 마찬가지이다. 청일전쟁 때처럼 대한민국을 함부로 했다가는 일본 도쿄가 쑥대밭이 된다. 중국과 일본이 경제력과 군사력을 동원하여 세계를 쥐락펴락할 수 있어도 절대 대한민국은 절대 손끝 하나 건드리지 못한다.

또한 미국으로부터 핵폐기물 재처리시설 설립허가를 받아야 한다. 지금 우리나라는 핵연료를 한 번밖에 태우지 못한다. 한 번 태우면 6%밖에 쓰지 못한다. 태우고 또 태우고 해서 최대 효율을 얻어야 하는데 너무 아깝다. 또한 핵폐기물 저장소가 2016년이면 포화상태에 이른다. 그전에 문제를 해결해야만 한다. 그리고 만약 미국, 중국, 일본 주변 강대국들이 구한말 때처럼 대한민국을 함부로 짓밟으려고 할 경우에는 핵폐기물을 가지고 핵폭탄을 만들어 핵실험을 할 수 있기 때문에 강대국과의 협상에서 유리한 위치를 차지할 수 있다. 아무리 전 세계에 무력행사를 하며 폴리스 국가를 자처하는 미국이라 하더라도 대한민국을 감히 손끝 하나 건드릴 수 없다.

마지막으로 박근혜 대통령이 수필계의 르네상스를 열어주었으면 하는 바람이다. 수필가로서 누구보다도 작가를 잘 이해하는 대통령이기 때문이다. 대한민국 음악의 한류가 세계를 휩쓸고 있다. 음악 한류에 이어 문필의 한류까지도 이루어져야 한다. 대한민국의 수많은 재능있는 작가들이 실력이 부족해서가 아니라 생계 문제로 제대로 꽃도 피워보지 못하고 자기의 꿈을 접는 경우가 허다하다. 이들이 자신의 재능의 꽃을 피울 수 있는 기반을 마련해 주어야 한다. 대한민국 문화 콘텐츠의 한류가 수필에까지 확대되어야 한다.

박근혜 대통령이 앞으로 5년 동안 국정을 잘 이끌어 삼국통일의 위업을 이룬 선덕여왕과 같은 분이 되었으면 좋겠다.

간신배

●

●

이 세상에는 선한 자, 악한 자, 위악자, 위선자가 존재한다. 간 신배는 바로 위선자를 가리킨다. 간신배란 공익이 아닌 오로지 제 이익을 위해 온갖 옳지 못한 방법과 수단을 쓰며 남의 비위를 맞추며 알랑거리는, 아주 교활한 사람을 일컫는다.

간신배들은 기본적으로 4가지 특징을 가지고 있다. 간신배들 은 우선 첫째로 자기 자신을 착하고 선한 사람이라고 생각한다. 둘째로는 남을 겉모습만 보고 판단하고 외모에 너무 집착한다. 셋째로 남의 성격을 지적한다. 넷째로 나와 생각이 다른 자는 절 대 용납하지 않는다.

이 네 가지 특성을 모두 가지고 있는 즉 대한민국의 간신배들 이 바로 대한민국의 시민단체와 진보단체들이다. 다르게 말하면 종북좌파라 불리기도 한다. 이들은 하는 일도 없이 국가보조금이나 타 먹으며 입만 나불거리는 족속들이다. 이들은 겉으로는 공익을 위하는 척하지만 실제로는 자기 자신의 이익밖에 모르는 극단적 이기주의자들이다. 또한 나와 생각이 다른 것을 절대 인정하지 않는 곳이다. 나와 생각이 다르면 이 세상 모든 사람을 적으로 만들어 버리는 이들이다.

사회주의 사회책 속에 나와 있는 사회주의는 진짜 사회주의가 아니다. 사회주의 사회의 모든 부를 국가가 가진다. 이건 가짜 사회주의이다. 마르크스와 엥겔스는 절대 이렇게 말한 적이 없다. 마르크스 사상에서 공산주의가 탄생했는데 마르크스 사상하고 공산주의 사상하고는 전혀 다르다. 마치 천국과 지옥의 차이라고나 할까. 마르크스와 엥겔스는 사회의 모든 부를 국가 소유라고 말하지 않았다.

그들은 사회의 모든 부는 국가 소유가 아니라 국가에 속한 국민들 소유라고 말했다. 어떤 특정한 세력이 권력이나 부를 독점해서 일반 민중들을 노예로 만드는 것을 방지하려는 목적이었다. 하지만 공산주의자들은 '국가 국민 소유'에서 '국가 소유'로 국민이라는 한 단어를 뺌으로써 공산주의 독재를 펼치고 있다.

북한 민중 수백만이 굶어 죽고 있는데도 북한 주석은 호화찬란한 생활을 하며 민중들을 노예로 부린다. 아버지 죽었다고 대형 궁전을 짓지를 않나, 미성년자를 기쁨조로 만들어 성적 학대를 하지 않나 차마 인간으로서는 하지 못할 짓이다.

현재 대한민국에서 활동하고 있는 한총련 좌익사범 종북좌파들은 이점은 간과한 채 무조건 다민족주의를 내세우며 국가 없는 세상을 외치고 있다. 이런 좌익 중에서 가장 유명한 좌익인사는 바로 SOO이다. 그는 2005년도에 음반을 발표하며 국가의 부조리함을 욕했다. 언뜻 보면 이상할 게 없다. 하지만 자세히 들여야 보면 냄새난다. 남한 자본주의 사회의 부조리함으로 국민들의 고통을 표현했다면, 북한 사회주의의 부조리함으로 고통받는 북한 민중들의 고통도 표현해야 한다. 북한 민중 300만이 굶주림으로 죽어가고, 대다수의 국민들이 북한 공산당의 지도층의 독재에 고통받고 있다. 그런데 북한 공산주의의 잘못에 대해서는 일언반구도 없고, 오로지 남한 사회에 대해서만 욕하고 있다.

SOO 같은 좌익인사가 진짜로 원하는 것은 국가 없는 세상에서 국가의 폭력에 희생당하지 않고 국민 모두가 행복한 세상을 만드는 게 아니라 국가 없는 세상을 만들어 북한식 공산주의가 한반도 전체를 장악하여 공산당 독재 세상 즉, 좌파 세상을 만드는 게 목표이다. 한발 더 나아간다면 전 세계가 무정부 상태일 때 공산당이 단 하나의 세계 정부를 만들어 전 세계를 독재하여 좌파 세상을 만드는 게 목표이다.

마르크스가 말한 '국가 없는 세상'의 국가는 바로 봉건제국가이다. 정확히 말하자면 '봉건제도 타파'이다. 지금의 근대 국가의 개념과는 완전히 다른 개념이다. 역시 한국 같은 전형적인 중앙집권적인 국가와는 전혀 다른 개념이다. 영화 '브레이브 하트'에서 지방영주가 자신의 권한을 이용하여 초야권을 행사하고, 백성들에게 세금을 무분별하게 거두어 백성을 학대하는 등 조폭처럼 지들 마음대로 폭정을 행사는 제도를 '봉건제도'라고 한다.

　나라라고는 해도 영토를 다스리는 제후들의 모임에 불과했기 때문에 국가로서의 질서는 유지되기 어려웠고, 늘 혼란의 연속이었다. 마르크스는 이런 '봉건제 국가'를 타파하고 백성이 주인 되는 세상을 만들고자 했다.

　우리나라는 고조선부터 조선에 이르기까지 단 한 번도 봉건제를 겪은 일이 없다. 왜냐하면 중앙집권제를 채택하고 있었기 때문이다. 그리고 민본주의에 정치이념의 바탕을 두고 있었다. 만약에 지방수령이 백성들을 핍박하면 중앙정부에서 임행어사를 파견하여 지방수령을 응징하였다.

　소위 좌파세력들이 조선을 봉건제 국가라 칭하고 조선의 왕 중에서 세종대왕만 빼고 모두 백성을 핍박한 왕이라고 말하는데 이건 정말 멍청한 말이다. 만약에 실제로 조선의 왕들이 백성들을 핍박했으면 민란이 수도 없이 일어나 조선왕조 500년의 역사는 존재하지 않았을 것이다.

　시민단체만 없어지면 대한민국이 건강해지고 올바르게 된다. 2004년 이라크에서 김선일 씨가 테러범들한테 살인을 당했을 때 이들은 온갖 집회와 데모를 하며 민주적인 자본주의 사회를 비판하고 추모식을 가졌다. 대학교에서도 나름 분향소를 차려놓기까지 했다. 그러나 천안함 폭침 때에는 이들은 아무런 행동도 하지 않았다. 오히려 남한의 잘못 때문에 일어난 일이라며 무조건 사회주의 세력을 감싸고 돌았다. 왜냐 북한은 같은 나와 생각이 같은 사회주의자들이고, 남한은 사회주의가 아니기 때문이다. 자식을 잃은 천안함 장병 부모들이 피눈물을 흘리고 슬퍼하고 대한민국 장병들을 잃은 온 국민들은 눈물을 흘리며 온 나라가 슬픔의 도가니에 빠졌다. 그런데 종북좌파들은 천안함 사건에 대해서 아무런 비판도 하지 않는다.

오히려 천안함 폭침 사건은 남한 정부 잘못이라고 매도까지 하며 북한 편들기에 바쁘다. 지옥의 악귀라도 이런 짓은 안 한다. 완전 생양아치들이다. 자신의 생각, 이익이 중요할 뿐 장병들의 부모의 고통, 국민들의 분노는 눈에 들어오지 않는다. 이들이야말로 진정한 국가의 적, 국민의 적이다. 반역 수괴들이다. 이 세상에 필요한 건 바로 위선이 아닌 선이다.

자기 자신의 단점은 지적하지 않으면서 나와 생각이 다른 자들에 대해서는 가차 없이 욕을 한다. 왜냐하면 남이 부도덕하고 타락할수록 나는 더 고귀한 사람이 된다. 똥묻은 개가 겨 묻은 개 나무라는 법이다. 원래 부처님 눈에는 부처님만 보이고 똥개 새끼 눈에는 똥밖에 안 보이는 법이다.

선과 악이란 동전의 양면과 같은 것이다. 동전의 앞면이 선이라면 동전의 뒷면은 악이다. 그런데 이들은 무조건 선이라는 가면을 내세워 자기 자신의 이익을 내세운다. 중요한 건 힘의 균형인데도 말이다.

박근혜 정부가 이들 종북좌파를 대한민국에서 쓸어버릴 마지막 기회이다. 박근혜 정부 때 국가보안법 강화를 해서 간신배들을 모두 쓸어버리고 건강한 대한민국을 지켜야 한다.

선과 위선

이 세상에는 크게 네 종류의 사람이 있다. 선한 사람, 악한 사람, 위선하는 사람, 위악하는 사람. 이 네 종류의 사람들 중에서 이 세상에 도움 하나 안되고 피해만 끼치는 사람은 바로 위선하는 사람이다.

대한민국 사회에서 위선하는 사람은 바로 좌익사범이라 불리는 자들이다. 이들은 사회주의, 마르크스시즘을 공부하고 주체사상을 열렬히 신봉하는 자들이다. 친북성향을 가지고 있고, 국가 없는 세상을 외치는 자들이다. 그리고 또 하나 특기할 만한 사항은 자본주의자들은 모두 나쁜 데 비하여 사회주의를 믿는 자기 자신은 매우 착하고 선한 존재들이라고 생각한다는 것이다.

그러면서 사회에서 '정의'라는 명분을 내걸고 온갖 집회를 하며 사회를 분열시키고 혼란시키고 국가가 하는 일이면 무조건 반대부터 하고 본다. 하지만 이들이 하는 생각, 행동은 모두 틀렸다. 왜냐하면 그들이 믿고 있는 자체부터가 틀렸기 때문이다.

사회주의. 이 말하면 바로 떠오르는 것은 바로 모든 사람이 잘 먹고 잘사는 이론이라는 것이다. 하지만 지구상에서 사회주의를 시행하는 나라는 쿠바와 북한밖에 없으며 이 두 나라는 모두가 잘 먹고 잘살기는커녕 특권층이 나라의 모든 부를 누리고 있으며 특권층을 뺀 모두는 못살고 있다.

사회주의의 핵심단어는 바로 '국가 소유'이다. 특정한 계층이 나라의 부를 가지지 말고 국가 소유로 돌려 모두가 공평하게 부를 나누자고 사회주의자들은 말한다. 하지만 사회주의를 믿든 마르크스와 앵겔스는 '국가 소유'라는 말을 한 적이 없다. '국가 소유'가 아니라 '국가에 속한 국민 모두의 소유'라고 말했다.

지금 대한민국에서 진보 운운하는 집단은 공산주의 집단이다. 하지만 이들은 진짜가 아닌 가짜 공산주의 집단이다. 이들은 마르크스를 교조로 모시고 자기들이 마르크스의 사상을 실천했다고 주장한다. 그러나 마르크스의 공동체주의(communism)는 가짜 공산주의와는 종자부터 틀리다. 마르크스는 '자유로운 개인의 사회적'연대를 인류의 이상으로 제시했는데 가짜 공산주의는 그 반대이다. 한 사람을 위해 만인을 압살하는 체제이다.

북한과 쿠바 같은 사회주의 나라들은 '국가 소유'란 미명하에 나라의 모든 부를 국영화시켰다. 모든 사람이 공평하게 나누자고 했지만 실제로 사회주의 주석들은 그렇게 하지 않았다. 나라의 모든 부를 '국가 소유'로 만든 다음에 자신이 국가의 주인으로 앉았다. 그다음 국가의 부를 자기네 마음대로 쓰고 있다. 나라의 모든 부는 '국가 소유'이고 난 국가의 주인이니까 나라의 모든 부는 주석의 것이나 다름없다.

이게 바로 사회주의 본질이다. 우리나라 같은 자본주의 사회에서 대통령이 별장 하나라도 조금만 호화스럽게 지어도 뭐라고 하는데 사회주의 국가에서는 국민들이 수백만씩 죽어가는 데도 주석이 죽으면 진시황릉 못지않게 거대하게 짓는다. 그런데도 아무도 뭐라고 하지 않는다. 왜냐하면 나라의 모든 부는 국가의 것이고 국가의 주인인 주석이 자기 재산을 자기 맘대로 쓰기 때문이다. 바로 짐이 곧 국가이고, 국가가 곧 짐인 독재국가이다.

박정희가 우익 독재자라면 북한, 소련의 주석은 좌익 독재자이다. 우익 독재보다 좌익 독재가 더욱 공포스럽고 무서운 것이다. 우익 독재 때에는 민중들이 시위라도 하며 독재를 저지하려고 했으나 좌익 독재 체제는 민중들이 정권에 대해서 욕 한마디도 못한다. 얼마나 세뇌를 당하고 감시를 당하면 아예 항거조차 하지 못한다.

우리나라의 운동권들은 박정희를 독재자라고 그렇게 욕하면서도 왜 3대 세습까지 하며 북한 국민들을 압살하고 있는 북한 정권에 대해서는 아무 말도 하지 않는지 정말 궁금할 따름이다. 또 이명박 대통령은 고려대학교 학생 시절 좌익사범 최고의 우두머리였다. 지금 통합진보당 이정희와 같은 존재였다. 그런데 어찌하여 지금은 극우파가 되었는지 정말 의문스럽다.

자본주의의 대안은 사회주의가 아니라 바로 건전한 자본주의이다. 이데올로기의 시대는 이제 지나갔다. 이데올로기는 오직 분열만을 부를 뿐이다.

킥복싱

●

●

　처음에 킥복싱을 배울 때는 수박 겉핥기 식으로만 이해했는데 2년 정도 지나고 보니 이제 킥복싱의 감이 제대로 옴을 느꼈고, 4년이 가까워 오니 킥복싱과 내가 하나가 되는 기분이 든다. 그러면서 격투기술이 향상되어 가는 내 자신을 발견한다. 몸이 파이터로 변해가는 느낌이다. 점점 강해지는 나 자신이 정말 좋다. 지금까지는 킥복싱 자세 익히기와 기본패턴 익히기에 주력해왔다면 이제는 그 자세와 패턴을 이용해서 격투 실력의 진수를 배우는 때이다.

　원투 오른 무릎치기, 원투 레프트 쇼트훅 라이트 롱훅, 까막기 한 다음에 왼발 미들킥(+라이트), 원투 로우킥 레프트 미들 킥 등 콤비네이션을 무수한 연습을 통해 익히고 있다. 문제는 콤비네이션을 하는 것보다 정확한 자세로 하는 것이다. 운동역학적으로 운동 시에 가장 적합한 폼을 갖추어야 하기 때문이다.

체육관을 찾아오는 대부분의 사람들이 킥복싱을 한두 달 다니고 그만두고 만다. 복싱을 하든, 골프를 하든, 테니스를 하든 어떤 운동을 하든 간에 적어도 6개월은 해야 그 운동이 몸에 밴다. 실력은 그다음에 느는 것이다.

또한 거리 재기와 타이밍 잡는 법, 카운터 기술도 연습을 하고 있다. 무엇보다도 난 미르코 크로캅의 하이킥을 자유자재로 구사하고 싶다. 난 오른손잡이인데 발은 왼발잡이이다. 오소도스 자세에서 왼발 킥을 구사하기가 영 쉽지 않았다. 그러던 중에 체육관에 있는 킥복싱 기술집을 보고 해법을 찾았다.

우선 라이트 프론트킥을 찬 다음 오른발을 그대로 앞으로 내디딘다. 스탠스를 사우스포로 바꾼 이 자세에서 강력한 레프트 미들킥 여기서 응용하여 라이트 프론트킥 이후에 원투 어퍼컷 다음에 미들킥, 프론트킥 다음에 로우킥 또는 하이킥 등 다채로운 동작을 구사하며 연습을 하고 있다. 타격훈련과 더불어 중심 잡기 훈련도 하고 있다. 태클 방어하는 연습과 태클 거는 연습도 병행하고 있다. 좀 더 실전에 강해지기 위해서….

하이킥은 너무 고난이도 기술이기 때문에 처음부터 하이킥을 구사하면 쉽게 먹혀들지 않는다. 그래서 우선은 강력한 로우킥으로 상대의 하체에 주의를 묶어두어야 한다. 그래서 잽 로우킥 기술도 함께 연습하고 있다. 이와 더불어 원투 레프트 미들킥도 함께 연습하고 있다. 반복 연습을 하여 기술을 심화하고 정밀화하고 있다. 그렇지만 연습만으로는 한계가 있기 때문에 많은 스파링을 통해서 실전 감각을 익히는 것도 간과해서는 안 될 일이다.

예전에 주먹계에 몸을 담고 있는 형이 한번 스파링을 해보지 않겠냐고 권유를 해왔다. 그래서 스파링을 하게 됐다. 작전을 짜가며 스파링을 했다. 상대는 저돌적으로 주먹을 뻗으며 달려나왔다. 같이 맞받아쳤다. 난타전은 어느 정도 했는데 기본기술이 안 됐다. 막싸움 형식을 취했기 때문이다. 돌려차기와 하이킥을 해도 피하거나 가드에 걸릴 뿐 유효타로 적중되지는 않았다. 상대를 맞히려면 우선 물밑작업을 해놓고 돌려차기와 하이킥 기술이 들어갔어야 했는데 그러지 못했기 때문이다. 스파링을 하면서 단순히 가드를 올리기보다는 가드를 단단히 하는 법을 배웠으며 단순히 공격하고 방어하기보다는 공격과 방어를 적절히 조화해가며 타격하는 법을 배웠다. 아무래도 경험 때문인 거 같다.

스파링 끝나고 그 형한테 가서 내가 형보다 키도 크고 덩치도 큰데 왜 내가 더 타격을 많이 맞았냐고 물어보니 싸움을 많이 해보란다. 그럼 자연스럽게 나처럼 된다고 말이다. 스파링을 중요성을 절감하는 중요한 경험이었다. 킥복싱을 배우니 몸이 튼튼해지는 것과 동시에 자신감까지 갖추어졌다. 스위스가 영세중립국이어도 국방력에 큰 신경을 쓰듯 나도 체력에 큰 힘을 쏟고 있다. 힘 있는 평화만이 굳건하기 때문이다. 아무튼 앞으로 꾸준히 킥복싱을 하며 몸과 마음을 단련하고, 나 자신을 방어하는 데 힘을 써야겠다.

돛대

내 나이 29살…. (어리고) 젊은 날의 마지막이다. 내 고향 변산
을 찾았다. 고향 이곳저곳을 둘러보았다. 오랜만에 들르니 고향
이 아니라 특별한 곳처럼 느껴진다. 초등학교도 둘러보고 중학
교도 둘러봤다. 그리고 마을도서관도 가봤다. 둘러보면서 지난
학교생활을 떠올렸다. 그때는 그저 평범했는데 지금 그때를 회
상하면 왠지 모를 그리움이 든다. 다시 그때로 돌아가고 싶다.

내 삶은 남이 보기에 평범한 삶일 것이다. 하지만 평범한 삶
속에 특별함이 있다. 떡에 비유하자면 비싼 떡은 아니어도 입에
꼭 맞는 떡이다. 남들이 부러워할 정도는 아니어도 내 맘에 쏙
드는 삶이다. 평범하면서도 특별하다.

원래 우리 가족은 부안 행안에서 살았는데 6.25 때문에 집안
재산이 다 날아가고 변산으로 피난 왔다. 할머니와 삼촌들은 변

산으로 이사 와서 궁핍했기에 변산에서의 생활을 별로 좋아하지 않았지만 나는 오히려 좋았다. 왜냐하면 변산반도의 자연을 느낄 수 있었기 때문이다. 그리고 소중한 경험을 했기 때문이다.

소중한 경험 중에서 잊을 수 없는 가장 소중한 경험 두 가지는 바로 아버지와 산내 외딴집에서 살아온 것이고, 여자친구와의 비밀 연애이다. 내 인생의 양대산맥이다.

내 아버지는 성격이 온순하다. 그저 평범하다. 살면서 겉치레를 내세우기보다는 있는 그대로의 모습을 보여줬다. 또한 무엇이든지 있는 그대로의 모습을 사랑했다. 시골집에 살아도, 힘든 농사일을 해도 늘 만족하며 살았다. 또한 나를 대할 때에도 늘 사랑으로 대해줬다. 공부를 잘하면 잘하는 대로 못하면 못하는 대로 나의 겉모습이 아닌 있는 그대로의 날 좋아했다. 그리고 내 아버지 직업은 농부이다. 아버지와 함께 밭에서 일하며 자연과의 교감을 듬뿍 했고, 창의력과 응용력을 높일 수 있는 완벽한 교육을 받았다.

'가정의 난로가 가장 좋은 학교'이듯이 우리 집과 우리 밭도 가장 좋은 학교였다. 또한 삶에서 얻는 깨달음이 진짜 공부라고 유태인들은 말하고, 노자는 도법자연, 즉 도는 자연을 닮았다고 했다. 내가 작가가 될 수 있었던 비결도 시골에서 자연 속에서 뛰놀며 농부인 아버지와 같이 농사일도 하고 자연을 흠뻑 느꼈기 때문이다. 국회의원 아버지, 교수 아버지 하나도 안 부럽다.

세상에서 가장 위대한 직업은 바로 농업이다. 농사는 가장 창의적이고, 가장 자유롭고, 가장 생산적이고, 가장 가치 있는 직업이다. 옛사람들은 농사를 천하지대본이라고까지 했다. 농업은 천하의 사람들이 살아가는 큰 근본이다. 사람의 먹을거리를 생산해내는 직업은 무척 고되지만, 그 어떤 일보다도 소중하다.

중학교 여자친구는 탤런트 이영애를 쏙 빼닮았다. 다르게 보면 F(X)의 크리스탈도 닮았다. 얼굴도 예쁘고 몸매도 잘빠지고 거기다가 성격도 좋다. 아역배우 김새론처럼 예쁘다. 무엇보다도 한결같다. 지고지순하고 지조가 있다. 요즘 문어발식의 연애를 하는 여자들이 많다. 그런 경향이 어쩌면 대부분일 수도 있겠다. 이 남자 저 남자 만나다가 조건이 더 좋은 남자가 생기면 그 남자한테 붙고 또 조건 좋은 남자가 나타나면 그 남자한테 붙고 이런 식이다. 하지만 중학교 때 내 여자친구는 그러지 않았다. 이상형이 능력 있는 남자인데도 중1 때 전교 1등에서 중2 때 중하위권으로 성적이 떨어졌어도 나를 버리지 않고 나한테 꼭 붙어 있었다. 무엇보다 있는 그대로의 나를 좋아했다.

'사랑은 지식의 어머니'라고 했다. 완벽한 사랑을 하면서 또한 지식의 싹도 키웠다.

원래 인생에서 꽃 두 개를 얻기란 매우 힘들다. 그러나 하늘은 나한테 꽃다발을 주었다. 아무튼 하늘에 감사한다.

중학교 때 여자친구를 다시 만나고 싶다. 사주에도 나와 있다. '오랫동안 기다린 인연이 만나서 같이 샴페인을 먹는다고…' 29살 내 마지막 청춘도 행복하기를 또 하나의 기억을 새기길 바라본다.

군대

난 2009년 10월 16일 병역면제를 받았다. 이유는 생계곤란을 사유로 '생계형 병역면제'를 받았다. 부모님이 두 분 다 안 계시고, 물려받은 재산도 없기 때문이다. 그런데 갑자기 섬뜩해졌다. 병역에 관한 뉴스가 나와서 말이다. YTN에서 입영 일자를 3일만 넘기면 1년 6개월 징역형에 처한다는 뉴스를 보았다. 갑자기 공포감이 밀려왔다. 왜냐하면 22살 때 입영 영장이 나왔을 때 입대를 하지 않았기 때문이다. 입대를 하지 않으면 병무청에서 고발이 들어와 실형 1년을 받고 다시 군대를 가야 한다.

그런데 난 그때 처벌받지 않았다. 혹시 30살 먹은 지금 다시 문제가 불거져 처벌받을까 봐 두려웠다. 나도 싸이 형처럼 재입대를 해야 하나, 병역법 위반으로 교도소를 가야 하나 덜컥 겁이 났다. 문제가 될까 싶어 병무청 상담소에 전화를 걸어 물어봤다.

"내 나이 30살인데 22살 때 입대를 하지 않았는데 처벌받지 않았습니다. 혹시 뒤에 무슨 문제가 생기지 않나요?, 혹시 나중에라도 처벌받지 않나요?"

병무청 직원이 조회를 해보고 짜증 난다는 말투로

"2009년에 생계곤란 사유로 병역면제 받으셨군요. 2006년에는 컴퓨터 자격증으로 군입대 연기를 했고요. 문제 될 거 없네, 친구. 문제 안 됩니다." 하고 전화를 탁 끊어버렸다. 참 이상하다. 난 2006년에 컴퓨터 자격증 공부도 하지 않았고, 병무청에 가서 입대연기를 하지도 않았는데……

중2 때 워드 2급 컴퓨터 자격증 따서 딸 필요도 없었는데 말이다. 다시 한 번 걸어서 확인을 해보니 7월 11일이 입영 일자고 7월 3일에 컴퓨터 활용능력 시험으로 입대연기를 했단다. 내 기억으로는 3월 달에 입영 영장을 받았는데 난 그때 병무청 근처도 안 갔고, 컴퓨터 활용 능력이란 말 단 한마디도 하지 않았는데….

2005년 11월에 2학기에 대학교 등록금이 마련되지 않아 자퇴를 했다. 대학교에 적을 두지 않았기 때문에 내 나이 22살 때 현역 입영 영장이 날라왔다. 제35사단 신병 교육대로 2006년 3월 며칠까지 입대하라고 말이다. 그때는 아무것도 모르고 '2006년 2학기에 전북대학교 재입학해서 입대 뒤로 미루면 되겠지.' 하고 입대를 하지 않았다. 그러고 나서 2006년 9월 25일 날 병무청에 가서 입대를 뒤로 미루러 왔다고 하니 누가 뒤로 미뤄 놨다고 했다.

2009년 4월 28일 입대하라는 입영 영장이 나와서 병무청에 가서 상담사분께 "지금 학교 다니고 있어서 바로 군대를 못 가니까 약간만 미루어 주십시오. 방학 되면 그때 군에 입대하도록 하겠습니다."라고 말했다. 병무청 직원분이 "그럼 그렇게 하도록 하십시오, 생계형 병역면제 대상자니까 집문서와 본인, 할머니 통장 4년간 거래 내역도 함께 제출하도록 하세요."라고 말했다.

2009년 7월 18일 병무청에 가서 입대하러 왔다고 말하니 병무청 직원분이 입대 안 해도 된다고 말했다. 법이 1주일 전(2009. 7. 11.)에 바뀌어서 군생활 안 하고 병무서류가 진행된다고 했다. 그러면서 병무청 직원이 추궁을 했다. 굉장히 의심스럽고 화난 말투로 말했다.

"제가 재산 5천만 원 가진 사람 한 명 잡았어요. 통장이 너무 깨끗해요. 3만 원에서 5만 원 거래밖에 없어요. 그리고 한 달에 40만 원으로 생활이 가능한가. 이상하네. 정말로 이상하네요. 일단 집에 돌아가서 대기하고 계세요. 병무청에서 연락이 올 겁니다."

아마도 병무청 직원 분이 아버지가 돌아가시기 전에 한 5천만 원 정도 유산을 물려받았는데 그걸 꽁꽁 숨겨놓고 군대 안 가려고 꾀병 부린다고 생각했나 보다.

원래 생계형 병역면제를 받으려면 바로 면제가 되는 게 아니라 상근예비역으로 입대를 해서 3개월 동안 군생활을 해야 한다.

그 3개월 동안 병무청 직원분이 철저하게 조사한다. 군대 빼려고 위장전입을 하지는 않았는지 부모님이 돌아가시기 전 유산을 받아서 재산이 3,300만 원 이상이(2006년 기준) 되는지 등 철저하게 조사한다. 벼룩·이 잡듯이 세밀하게 송곳도 통과하지 못할 만큼 완벽하게 조사한다. 3개월 동안 철저한 조사하고 조사위원회 분들이 심의를 거친 다음에 병역면제를 내린다.

만약 22살 때 처벌받았으면 호적에 빨간 줄 긋고, 1년간 교도소에서 병역기피 범죄자로 옥살이를 하고, 23·24살 군대생활 했으면 대학교 재입학도 안 되고, 취직도 안 되고 정말 인생이 꽈배기처럼 꼬여서 인생 조질 뻔했다. 만에 하나 그때 처벌받았으면 평생을 범죄자로 움츠리며 살아야 했다. 정말로 큰일 날 뻔했다. 진짜로 '새' 될 뻔했다.

다행 중 불행은 없는가. 정말 다행이다.

태조 왕건

케이블 TV에서 사극 '태조 왕건'이 재방송되고 있다. 고려를 건국한 태조 왕건의 일대기를 그린 작품이어서 더욱 의미가 깊다. 태조 왕건은 고려를 건국하여 고조선 이후로 뿔뿔이 갈라져 살아온 우리 한민족을 다시 하나의 나라에서 같이 살게 한 영웅이기 때문이다.

우리 한민족은 환국·배달국·단군조선 이래로 삼한으로, 삼국으로 나뉘어 살았다. 그 이후에 신라가 당나라의 힘을 빌려 부분적인 삼국통일을 하고 200년 남짓의 시간이 흐른 후에 다시 후삼국으로 갈라져 반백 년을 살다가 송악 사람 왕건이 외세의 개입 없이 자주적인 통일을 이루어냈다.

후삼국통일과 함께 발해 유민 대거 흡수와 북방영토개척을 통해서 다시 한민족이 하나의 나라에서 같이 살게 되었다. 힘이 하나로 모이니 기술과 문화도 발전하고 풍요로운 삶을 살았다. 백성들은 외적의 침입했을 때를 제외하고는 생업에만 종사할 수 있어 더욱 살기에 좋았다.

특히 전쟁 없는 세상을 만든 공이 크다. 물론 고려 시대에도 부분적으로 외세의 침탈에 대비하여 맞선 전쟁은 어쩔 수 없는 일이었지만 말이다.

왕건 말고도 우리나라엔 수많은 영웅들이 있었다. 만주를 호령하며 중국을 공포에 휩싸이게 한 고구려의 광개토대왕도 영웅이다. 한민족의 영광을 동북아시아 만방에 떨쳤다. 하지만 그 영광 뒤에는 수많은 백성들의 희생이 따랐다.

전쟁을 하는 장정들은 전부 전쟁터에 나갔으므로 생업을 노인네와 아낙이 해결해야 했다. 뿐만 아니라 이들이 생산한 곡물 대부분은 군량미로 공출되었다. 나라의 영광 뒤의 이면에 있는 백성들의 생활은 말이 아니었다. 그리고 피와 살이 튀는 전쟁터에서 수많은 사람들이 죽어갔으며 살았어도 불구가 된 사람도 부지기수이다. 그로 인해 수많은 과부와 고아가 생겼으며 수많은 백성들이 피눈물을 흘려야 했다. 그야말로 고통이 말이 아니었다.

지긋지긋한 땅따먹기에서 벗어나 나라의 국력을 국가 발전사업에 온전히 쏟아부을 수 있었기 때문에 고려 때에는 금속활자, 조선 시대에는 한글이 창제되어 훈민정음이 반포되어 국가의 내실을 다지는 데 혁혁한 공헌을 했다. 그리하여 세계만방에 반만 년의 유구한 역사를 가진 민족이라고 당당히 말하고 있다.

이런 틀을 바탕으로 조선 세종 때에 이르러 민본주의로 틀을 제대로 정착해서 안정된 삶을 누리게 되었다. 고려는 지방 호족의 힘이 강했으나 조선에 이르러서는 완벽한 중앙집권국가로 탈바꿈했다. 유럽이나 중국에서는 봉건제 사회로 인해서 백성들이 고통을 당하고 있었으나 조선은 민본주의를 해서 백성이 평안했다. 천하의 근본인 농사를 짓는 방법을 설명한 『농사직설』이란 책까지도 출간될 정도였다.

고려·조선 시대의 일반 사람들은 전쟁 없는 평화 속에서 잘 살았다. 지금까지 우리나라에 천 번 이상의 침략전쟁이 있었다고 말한다. 하지만 이것은 일제 시대 어용학자들이 만들어 낸 허구이다. 우리가 중국이나 일본과의 전쟁에서 지거나 직접 지배당한 것은 고려 때 130여 년의 기간, 병자호란, 일제강점기에 불과하다. 수많은 전쟁을 말하자면 중국은 우리보다 더 많은 전쟁을 겪었고 2,500년간 왕조가 열 번도 넘게 교체되었고, 그 절반의 기간이 위진남북조·수나라·원나라·요나라·금나라·청나라 등 소위 '오랑캐'들의 지배 시기였다. 그에 비하면 우리는 크게 세 번의 왕조교체가 있었을 뿐이다. 외세의 직접적인 지배 시기도 중국보다 훨씬 짧다.

지금 대한민국은 내분에 휩싸이고 있다. 지역갈등부터 남북갈등까지 정말 말이 아니다. 그중 대표적인 게 바로 좌우대립이다. 자본주의와 공산주의의 대립이다.

대한민국 사회는 어느 정도 안정되었다. 이제 남은 것은 정치 안정화이다. 정치 안정화가 안 되는 이유는 바로 대한민국 대통령의 권력이 약하기 때문이다. 대통령이 무슨 일을 하려고 하면 반대부터 하고 본다. 이건 아니다.

대한민국 분열이 아니라 화합과 통일로 나가야 한다. 그래야 진정한 국력의 발전을 가져올 수 있다.

분석력과 이분법

지금 현재 세상의 대세는 분석력과 이분법이다. 우리는 지금 이분법의 시대에 살고 있다. 무엇이든지 딱딱 개념 짓고 나누기를 좋아한다. 이것 아니면 저것이고, 중간은 아예 없는 세상이다. 그렇지만 세상일이라는 게 단정적인 경우보다는 그 중간인 경우가 훨씬 많다.

이분법은 단순명료하다. 이분법으로 세상을 바라보면 이것 아니면 저것 이렇게 쉽게 구분 지을 수 있기 때문에 모든 것을 이론적으로 쉽게 접근할 수 있다. 하지만 현실은 이렇게 단순하지 않다. 현실을 언어라는 그릇에 담기에 너무나 역부족이다.

사물은 동전의 양면과 같다. 하지만 개념은 사물의 어느 한 부분만을 다룬다. 개념이 체계화되면 0%나, 100%이 둘 중 한 가지이다. 중간이란 건 없고, 극으로 몰아 공식을 만들어낸다. 개념에 귀속되면 사물을 정확하게 볼 수 없다. 개념이란 사물이 아니라 사물을 보는 도구에 불과할 뿐이기 때문이다.

바로 대표적인 게 '나무는 보고 숲은 못 본다.'이다. 사람들은 이 말을 대부분 이렇게 이해한다. 어떤 사물이나 현상을 볼 때 나무 같은 지엽적인 것을 보지 말고, 숲이라는 큰 그림을 봐야 한다. 하지만 이건 잘못된 말이다. 위 말의 진정한 뜻은 바로 나무와 숲을 같이 보라는 말이다. 매의 눈으로 세상을 보란 말이다. 매가 먹이를 잡을 때는 일단 하늘 높이 난다. 왜냐하면 숲 전체를 보기 위해서이다. 낮게 날면 나무밖에 보지 못하기 때문에 먹잇감을 제대로 발견하지 못한다. 높이 날아서 숲 전체를 보는 동시에 또한 나무 하나하나를 자세히 본다. 먹잇감은 나무 밑에 숨어 있기 때문이다. 이렇게 숲과 나무를 동시에 봐야 사냥을 잘할 수 있다. 모든 일이 다 그렇다.

세계를 나눌 때에도 동양과 서양으로 흔히 나눈다. 동양은 아시아, 서양은 유럽 이렇게 말이다. 그러면 아프리카는 대체 이 둘 중에 어디에 속할까? 아메리카 인디언들 또한 이 둘 중에 어디에 속해야 할까? 오세아니아는…. 사람은 생각하는 동물이고, 생각을 하면 반드시 철학과 문화가 싹트기 마련이다. 중남미의 아즈텍, 문명과 잉카문명 또한 인디언들과 아프리카 원주민들의 그들 나름대로의 문화와 문명을 이루며 살았다. 딱 나누기도 어렵고 오류도 나타난다. 대표적으로 인도를 흔히 동양으로 분류하지만, 엄연히 따지면 인도는 서양으로 보는 게 합당하다.

분석력과 이분법

전통과 현대 또한 그렇다. 흔히 전통적인 것을 순리라고 하고, 현대적인 것 즉 서구의 것을 역리라 한다. 전통은 자연에 순응하며 생겨난 순리적인 문화이고, 서구 문명은 자연을 극복하며 생겨난 역리적인 문화이기 때문이다.

　지금 현대는 역리가 거의 모든 것을 좌우하고 있는 시대이다. 이 역리로 인해서 수많은 사람들이 질 높고 다양한 문명의 이기를 누리고 있다. 그러나 그에 못지않게 잃어버린 것도 많이 있고, 환경 문제를 심각하게 고려해야 할 처지이다. 혹 어떤 사람들은 현대의 역리를 부정하고 모든 걸 순리대로 즉 전통에 맞추어 살자고 한다. 그러면 아무런 문제가 없다고 말이다.

　또 어떤 사람들은 지금의 역리를 높게 치며 순리를 부정하고 모든 걸 역리에 맞추려 한다. 하지만 내가 볼 때는 이들 둘 다 틀렸다. 너무 한쪽으로 치우친 일방적인 생각이기 때문이다. 무조건 순리만, 무조건 역리만 정말 이건 아니다.

　순리 즉, 우리의 전통문화 좋은 게 아주 많다. 또한 비효율적인 점도 많이 있다. 역리 즉 현대문명 때문에 많은 문명의 이기와 편리함을 안고 살아가지만, 또한 나쁜 점도 많이 있다. 순리와 역리 둘 다 장단점이 있다. 여기서 무조건 하나만 일방적으로 내기에는 많은 무리가 있다. 중요한 건 이 순리와 역리가 균형을 이루어야 한단 말이다. 순리는 순리대로 역리는 역리대로 각각 장단점을 잘 맞추어 가면서 발전해야 좀 더 풍요로운 삶을 누릴 수가 있다.

이분법적인 이론 위주에서 반이분법적인 실제의 시각으로 세상을 보기 위해서는 틀을 깨는 게 필요하다. 기존의 틀에서 깨어나서 새로운 시각으로 세상을 바라보아야만 한다. 그러기 위해서는 많은 노력과 고통이 뒤따른다. 하지만 이걸 극복하고 나면 세상의 본질에 한걸음 더 다가가 보다 행복하고 값진 삶을 인류 전체가 누릴 수 있다.

이제는 종합과 융합의 시대이다. 분석력의 허위를 극복하기 위해서 직관력이 주목을 받고 있다. 사물의 부분에 그치는 게 아니라 전체 모습 즉 실체를 추구하는 시대인 것이다. 흑백이 아닌 칼라풀한 실제의 삶, 얼마나 두근대는가….

대한민국
새로운 성장 동력으로서의
새만금

세종시에 새만금 개발청이 설립됐다. 새만금 개발에 박차를 가하겠다는 정부와 국민의 뜻일 것이다. 새만금 말로만 들어도 가슴이 뛴다. 바닷가에 여의도의 140배에 달하는 새로운 땅이 솟아오르는 기적 같은 일이기 때문이다. 여기에 농지, 산업단지, 관광단지, 과학·연구 단지 등이 2020년까지 개발될 예정이다.

새만금 개발 사업은 군산~부안을 연결하는 세계 최장의 방조제 33.9㎞를 축조하여 간척토지 283㎢와 호수 118㎢를 조성하고 여기에 경제와 사업, 관광을 아우르면서 동북아 경제중심지로 비상할 녹색성장과 청정생태환경 '글로벌 명품 새만금'을 건설하는 국책사업으로 2010년 방문한 캐슬린 스티븐스 주한미국 대사는 중국에 만리장성이 있다면, 한국에는 '바다의 만리장성'이 있다며 경탄해 마지않았다. 여기에다 환황해권의 중심에 있어 지리적으로도 완벽하다.

새만금이 필요한 이유는 바로 경제와 환경 때문이다. 우선 경제적으로 새만금은 대중국 물류기지로 꼭 필요하기 때문이다. 중국이 몇십 년 뒤에는 세계 1위의 경제대국이 된다고들 한다. 『차이나 핸드북』을 쓴 이희옥 교수는 '시진핑 임기 내인 2016~2020년 미국을 제치고 세계 최대 경제대국이 된다. 한국은 최대 시장인 중국을 모르고는 살 수 없다.'고 말한다. 중국 최대 민간 컨설팅 허쥔 컨설팅의 리쑤 총재는 "한국이 재도약하는 역사적 기회는 새만금에 있다고" 밝히고 '중국 훈풍'이 불고 있고 한중경 협단지를 새만금에 만들 작정이며 또한 새만금이 동북아 물류와 첨단기업 허브로 성장하면 동북아 전체국면을 전환하는 역할을 할 것이라고도 주장했다. 더불어 앞으로의 세계 경제의 판도는 동아시아이고 그 중심에 새만금이 있어 세계 경제를 이끌어갈 것이라고 말했다.

한국은 바로 중국 옆 나라이다. 중국과의 교류가 그만큼 중요하다. 대한민국 서해안에는 중국 교류기지가 많이 있다. 하지만 대규모 교류 기지는 없다. 새만금은 방조제 길이만 33.9㎞로 세계 최장을 자랑한다. 환황해권 중심에 있어서 지리상으로도 최적이다. 세계 각국 유명기업에서 새만금에 공장을 유치하고 있고, 레저시설도 많이 건설될 것이다. 특히 카지노를 통해서 몬테카를로, 라스베이거스 못지않은 짭짤한 수익을 얻을 것이다. 중국 사람만큼 도박을 좋아하는 민족도 없다.

지난해 우리나라 총 수출액 5,565억 불 가운데 대중(對中) 수출이 1,342억 불로 전체의 24%(관세청 무역통계)를 차지할 만큼 중국이 대한민국의 최고·최대 교역국이 된 상태에서 새만금은 물류비 절감과 국제항으로서의 천혜의 요건, 광활한 배후물류 단지 등 최고의 경쟁력을 갖춘 것으로 평가된다. 말 그대로 한·중 무역의 중심지가 된다는 말이다.

박근혜 정권 말기인 2017년까지 새만금 1차 내부개발로 도로와 철도, 항만, 공항, 교통, 수자원, 상하수도, 생활공업용수, 폐기물, 물류시설 등이 건설될 예정이다. 이로 인해 발생하는 1차적 가시적 효과로 3만 2,000개의 새로운 일자리 창출과 4,100억 원의 경기부양 효과가 발생한다고 전북도와 농어촌공사가 분석했다. 앞으로 새만금이 더 발전되면 대한민국 모두를 먹여 살릴 수도 있다.

앞으로의 새만금은 대한민국을 먹여 살릴 새로운 성장동력이 될 것이다. 대한민국의 새로운 성장동력으로써의 새만금 대한민국 모두의 관심과 지지가 필요하다. 새만금의 발전이 바로 대한민국 국가의 발전이다.

부의 재분배

지금 대한민국의 현 경제 상황을 보니 문득 고1 때 담임선생님이 한국지리 수업시간에 한 말이 생각이 난다.

"국민소득 1만 달러인 우리나라는 '어떤 옷을 사지, 어떤 휴대폰을 사지?' 이런 고민을 하지만 국민소득이 4만 달러인 스위스 사람들은 '오늘 저녁은 어떻게 먹을까, 내일 밥은 어떻게 해결하지?' 이런 고민을 한다고 말이다. 그때 이 말을 들었을 때는 이해가 안 됐다. 하지만 우리나라가 중진국을 벗어나 선진국의 반열에 오르니 이제 이 말뜻이 이해가 갈 것 같다.

2005년부터 대한민국에 빈익빈 부익부란 말이 온 국민들 사이에 오르내리고, 대한민국 경제의 허리 역할을 하는 중산층이 무너지고 있다는 말이 떠돌기 시작했다. 경제 양극화 현상이 나타났기 때문이다. 이런 현상이 나타나는 이유는 대한민국의 부가 소위 상위 1%라 불리는 기득권에 몰리고 있기 때문에 나타나는 현상이다.

대표적으로 '민영화' 바람이다. 가스 민영화, 의료 민영화, 철도 민영화 심지어 물 민영화, 전기 민영화까지 나라의 모든 재화가 상위 1%라 불리는 기득권에 모두 넘어가려고 하는 중이다.

사람은 자동차 없이 살 수 있다. 금반지나 다이아반지 없어도 살 수 있다. 그러나 물 없이는 살 수 없다. 전기 없이는 살 수 없다. 이것은 공공재이다. 사전 뜻 그대로 시장기구를 통하지 않고 공공부문으로부터 공급되어 모든 사람이 누리는 재화이다. 이것을 민영화해서 기득권의 소유로 넘긴다면 대한민국은 여타 선진국과 마찬가지로 풍요 속의 빈곤으로 갈 수밖에 없다. 볼리비아 같은 경우는 수도세와 전기세로 소득의 40%를 지출하고 있다.

007 영화 '퀀텀 오브 솔러스'에서도 주인공 제임스 본드가 볼리비아 물 부족 지역에서 댐을 막아 물로 폭리를 취하려는 악당을 응징하는 장면이 나온다. 천하는 한 사람이나 어느 세력의 것이 아니라 모두의 것이다. 말 그대로 천하위공이다. 나라의 부는 특정세력이 아닌 국민 모두한테로 돌아가야 한다.

농사 쌀값 최적가격 24만 원을 실현해야 한다. 담뱃값 인상으로 서민증세를 했다면, 부자증세도 함께 이루어져야 한다.

대한민국 대한민국은 우리 5천만 국민들의 것이다. 우리들의 힘으로 우리의 재산을 지켜야 한다.

끝

내 나이 벌써 서른이다. 만으로는 29살……. 하지만 지금 나한테는 아무것도 없다. 집도 없고, 차도 없고 아예 돈 자체가 없다. 남들은 벌써 결혼도 하고, 애까지 있는 판국인데…….

남들이 취업준비를 하는 동안 난 작가준비를 했다. 난 원하든 원하지 않든 전업작가의 길을 걸어왔다. 내 나이 10살 때 초등학교 도서관과 마을도서관에서 책을 읽으며 본격적인 (작가) 공부를 시작했다. 책을 읽고 사색을 하고 나만의 작품세계를 만들어가기를 시작했다. 21살 때에는 『내가 생각하는 세계』로 책을 내볼까 생각도 했었다. 그러던 중 22살에 작가의 꿈을 가지고 24살에 한국문학세상 신인상으로 등단해서 수필작가가 됐다. 2년 반 동안 작품을 써서 수필가로의 성공을 꿈꾸며 26살에 『산내 외딴집』을 책을 출간했다. 그리고 27살부터 30살 지금까지 글만 썼다.

27살에 책이 잘 팔려서 베스트셀러 작가가 바로 될 줄 알았다. 그러나 27살에 안 됐다. 28살, 29살, 30살 이제는 시간도 없고, 돈도 없다.

중(中)수필, 너한테 모든 걸 걸었는데 한글을 깨우치고 난 후부터 오직 너한테 내 10대와 20대를 송두리째 바쳤는데.

중(中)수필은 나한테 부랄 친구요, 가장 사랑하는 애인이요, 내 심장이요, 한마디로 말해서 내 모든 것이다. 그런데 빛을 보지 못하고 독자한테 외면을 당하는 처지에 있다니 너무 무모했나, 자만심이 너무 강했나, 실력이 모자랐나, 준비가 덜 됐나 별별 생각이 다 든다.

이젠 갈 곳이 없다. 할 것도 없다. 오직 글쓰기에 내 모든 청춘을 바쳤는데 글 쓰는 거 빼고는 마땅히 할 게 떠오르지 않는다. 하루하루 사는 것 같지가 않다. 도무지 정신이 없다. 가끔 맥주 피처 한 병을 혼자서 다 마시고, 안정제 두 알 먹고 잠이 든다. 지금 이 상황이 너무 힘들다. 자살 충동까지 일었다. 한강 다리 위에서 피처 한 병 원샷 하고 뛰어내릴까도 생각했다. 그런데 한강에 가질 못했다. 전북 익산에서 서울 한강까지 갈 차비가 없다. 맥주 살 돈도 없다.

하지만 후회나 원망도 없다. 다 내가 무능해서 벌어진 일이니까 남을 탓해봐야 아무 소용이 없다. 앞으로 무엇을 하며 먹고 살아야 걱정이다. 글만 써오면서 생활해 왔기 때문에 경력도 없고 토익 같은 취업공부도 안 했다. 할 수 있는 것은 노가다나 생산직일 뿐이다. 과연 30년 동안 글만 쓰면서 생활했는데 여생을 노가다 생활하면서 먹고 살아야 하는데 과연 견뎌낼 수 있을지가 걱정이다. 하지만 받아들일 수밖에 없다. 다 내 책임인걸⋯. 다 내가 무능해서 벌어진 일인데 받아들여야지, 사람이 죄를 지었으면 벌을 받아야지 이건 당연한 이치이다.

내 죄명은 이렇다. 헛된 야망에 부풀어 인생을 망친 죄, 책을 잘 못 써 (사)한국문학세상 가족들한테 피해를 끼친 죄, 또한 날 믿어주고 키워준 할머니한테 실망을 안긴 죄. 일일이 다 나열하자면 한도 끝도 없다. 뭐 지옥에 떨어진다고 해도 항변할 말이 없다. 다 내가 무능해서 벌어진 일이니까 무능한 나 자신을 탓해야지 세상을 탓하면 절대 안 된다.

그래도 비록 인정은 못 받았어도 글은 계속 쓰고 싶다. 회사생활 하면 아침 8시부터 밤 10시까지 일해야 돼서 글 쓸 시간이 없고, 노가다나 생산직 같은 경우 하루 10~12시간만 일하면 되고 나머지 시간은 남기 때문에 그때 글 쓰면 된다. 어쨌든 작가는 인정을 받든, 못 받든 글을 써야 한다.

끝

한국 왕조

한국 역사를 공부하면서 특이한 점을 발견했다. 바로 왕조의 유지 기간이다. 단군조선은 2,000년을 갔다. 고구려는 900년, 백제는 700년, 신라는 1,000년 동안 국가를 유지했다. 가까운 중국만 봐도 왕조가 몇백 년은 고사하고 몇십 년 만에 무너진 경우가 허다했고, 중국 역사상 가장 강력한 힘을 가진 주원장이 세운 명나라도 고작해야 300년밖에 가지 못했다. 영국, 프랑스 같은 경우도 왕조를 100~200년밖에 유지하지를 못했다. 그리고 더욱 놀라운 것은 한 세력이 대를 이어 권력을 유지했다는 점이다. 유럽대륙을 장악했던 로마제국도 한 세력이 계속해서 황제를 하지는 못했다.

그 비결을 크게 두 가지로 나누어보면 바로 민본주의와 중앙집권화에 있다.

첫째 비결은 민본주의이다. 민본주의(民本主義)의 뜻은 국민의 실질적인 이익과 행복의 증진을 목적으로 하는 정치사상이다. 말 그대로 백성을 하늘같이 떠받치는 것이다. 유럽의 봉건사회에서는 백성을 수탈의 대상으로 삼았던 데 반하여 조선의 임금이 된 사람은 왕도정치에 입각하여 늘 백성의 편안을 살폈다. 그러므로 백성들은 국가의 한 일원이라는 의식을 가지고 살았다.

유럽이나 일본 같은 경우는 전쟁이 나면 일반 백성들은 싸우지 않고 군인들만 나서서 전쟁을 한다. 왜냐하면 국가는 위정자의 것이고 일반백성은 그 위정자를 위해 노동하는 노예에 불과했기 때문이다. 하지만 조선은 모두가 국가의 일원이라는 의식이 있었기에 임진왜란 당시 각지에서 의병이 일어나 일본의 조선침탈을 막을 수 있었다.

둘째로, 중앙집권화에 있다. 유럽의 봉건주의와는 대조적이다. 조선에서 임금이 명을 내리면 조선 방방곡곡에 3일 안에 임금의 명이 전달됐다. 중국 같은 경우는 황제가 명을 내려도 명령이 수도 근방에만 전달될 뿐 지방에는 전달될까 말까 하는 정도였다.

권력이 중앙집권화되었기 때문에 반란을 일으키고 싶어도 일으킬 세력을 끌어모으기가 쉽지 않았고, 설사 반란을 일으켰어도 금방 제압되었다. 유럽의 봉건제 같은 경우는 말이 국가지, 나라의 질서체계도 제대로 잡히지 않았고, 혼란의 연속이었다. 예를 들어 지방 영주들이 그 지역을 관리·통제했고, 중앙으로 가는 조공을 가로챌 수 있었으며, 중앙정부의 권력에 대항해서 또는 자기들끼리 서로에 대항해서 지역적 연대를 조직하기도 했다.

  지금 대한민국은 지역감정, 이념대립, 민족문제 등으로 국론이 사분오열되어있다. 국론이 분열된 상태로는 제대로 된 발전을 할 수가 없다. 이런 분열적인 문제들을 정리하고 통합하여 통일한국 시대를 열어야 한다. 어떤 경제지에서 한국이 통일될 경우 2050년쯤에는 GDP가 세계 4위가 될 것이지만 실질 GDP는 세계 1위가 된다고 발표한 적이 있다. 통일한국, 실질적 GDP 세계 1위가 되는 그날을 위하여 대한민국은 더욱 더 하나로 뭉쳐야 한다.

수필

'수필'이란 단어를 네이버 국어사전에서 찾아보니 '일정한 형식을 따르지 않고 인생이나 자연 또는 일상생활에서의 느낌이나 체험을 생각나는 대로 쓴 산문 형식의 글. 보통 경수필과 중수필로 나뉘는데, 작가의 개성이나 인간성이 두드러지게 나타나며 유머, 위트, 기지가 들어 있다.' 이렇게 나와 있다.

요약하자면 수필은 작가가 삶에서 겪은 경험(체험)이나 생각한 것을 자유롭게 쓴 글이다. 수필은 시나 소설과 같이 체계화되지 않아서 형식상 자유롭다. 그렇다고 형식이 없는 것은 아니다. 수필은 절대 아무렇게나 쓰는 글이 아니다. 철저한 의도와 완전한 짜임새에 맞춰 써야 한다.

수필이란 경험을 쓴 글이기 때문에 여기에는 단 1%의 허구도 있어서는 안 된다. 수필에는 진정성을 바탕으로 작가의 진실한 사실만이 있어야 한다. 이 진실한 사실을 가지고 삶을 작품화해야 한다. 수필은 사물의 기록으로 끝나는 것이 아니다.

글 속의 진실이라는 것은 지은이가 보고, 듣고, 생각하고, 느낀 것을 아무런 보탬 없이 있는 그대로 쓰는 것을 말한다. 남의 글을 흉내 내거나 자기가 생각하고 느끼지 않은 것을 자기가 느낀 것처럼 나타내는 것은 진실이 아니다.

또한 수필의 구성에는 형상과 본질, 형식과 내용, 절대성과 상대성 모두 있어야 한다. 양면의 특성과 가치를 조화롭게 통일시켜야 한다. 단순히 글쓰기 기교만 가지고 겉만 번지르한 글은 수필이 아니다. 실속과 겉이 골고루 꽉 찬 글이 바로 진정한 수필이다. 어느 하나만 존재하는 것은 수필이 아니라 반쪽짜리 잡문이다.

수필은 변증법적이다. 이것이 옳냐, 저것이 옳냐·이것 아니면, 저것이 아니라 이것과 저것의 장점을 취해서 중용의 대안을 내놓는 것이다. 또한 함축과 함의가 들어 있어야 한다. 함축은 수필의 생명이다.

수필은 피천득 선생의 말처럼 30·40대의 글이 아니라 10대·20대의 글이다. 어리고 젊은 사람의 가슴은 용광로처럼 뜨겁다. 온갖 잡철이 용광로 속에 들어가 뜨거운 기운을 받아 새로운 선철이 되는 것처럼 이 뜨거운 가슴과 차가운 머리로 쓰는 글이다.

수필을 쓰기 위해서는 참다운 경험과 쇼펜하우어의 『사색에 대하여』와 같은 사색이 중요하다. 하나의 것에 총합하는 게 중요하다. 마치 만능설계가처럼 필요한 기술적인 부재를 창조력을 갖고 완전한 하나의 것에 총합해야 한다.

수필은 몸으로 쓰는 글이다. 수필은 머릿속에 든 개념만으로는 쓸 수 없는 글이다. 머릿속에 든 개념과 함께 직접 몸으로 겪은 체험이 함께 어우러져서 쓸 수 있는 글이다. 뜨거운 가슴과 순수한 생각은 오직 10대·20대 시절밖에는 가질 수 없기 때문이다. 30·40대는 삶의 경륜이 쌓이는 시대이다.

수필가는 삶에서 경험을 바탕으로 삶의 의미와 가치를 알려주어야 한다. 또한 삶에 대해서 제대로 모르고 있던 사물의 본질이나 진리 따위의 숨은 참뜻을 비로소 제대로 이해할 수 있게 해주어야 한다. 일반인들이 피상적으로 접근한 문제를 깨달음을 통해서 사물의 실체를 보여줘야 한다. 말 그대로 깨달음을 주어야 한다.

난 중수필 작가이다. 중수필은 삶을 과학적으로 연구하는 분야이다. 경수필은 인생을 문학적으로 논하지만, 중수필은 과학적으로 논한다. 중수필은 한마디로 과학이다. 수필은 문학, 중수필은 비문학이다. 나는 수필가이지만 정확히 말하면 수필과학기술자이다. 수필은 삶의 실체에 대해서 연구하는 사람이다.

수필은 누구나 쓸 수 있지만 아무나 쓸 수 없는 글이다. 수필은 지성과 정서의 교합된 예술이기 때문에 입문은 쉬워도 깊숙이 들어가기는 어렵다. 훌륭한 수필가는 집을 짓는 목수와 같다. 마치 건축과 같다. 집을 지을 재료와 목공 도구는 누구나 구할 수 있다. 하지만 집 설계도를 그리고, 그 품격에 맞게 집을 짓는 것은 오직 목수만이 할 수 있다. 건축자재를 단순히 나열하기보다는 건축자재를 이용하여 논리성과 체계성에 입각해서 하나의 집, 즉 작품을 완성해야 한다.

민족주의

지금 대한민국에는 몇 년 전부터 다민족주의란 말이 나오기 시작하더니 이제는 아예 판을 치고 있다. 그러면서 민족문제로 대한민국에 큰 갈등이 일어나고 있다. 문득 중1 때 도덕 선생님이 수업시간에 한 말이 생각난다. 선생님은 "약소국이 제일 싫어하는 것은 강대국이고, 강대국이 제일 싫어하는 것은 민족주의자들이다."라고 하셨다.

내 민족만을 높이고 남의 민족을 업신여기는 것 그건 바로 국수주의(배타적 민족주의)이다. 진정한 민족주의는 내 민족을 높이지만 절대 남의 민족을 업신여기지는 않는다. 내 민족을 높이는 동시에 다른 민족도 또한 높여준다.

지금 현재 다민족주의자들은 겉으론 세계화 시대에 맞추어 모든 국가와 인종들이 차별받지 않고 서로 어울려 잘살자고 한다.

하지만 실제 본 마음은 그렇지 않다. 다민족주의라는 그럴듯한 사탕발림으로 여러 국가들의 국가 주권과 민족성을 말살하고 있다.

지금 대한민국에서 입만 산 시민단체와 일부 세력들이 우리나라는 폐쇄적이고 국수적인 민족주의 나라이기 때문에 단일민족이 아니라 다민족·다문화 국가로 나아가야 한다고 말한다.

유럽과 미국은 다민족 국가이다. 그리고 우리나라는 단일민족 국가이다. 실제로 유럽 미국이 다양한 민족을 서로 존중하며 잘 사느냐 이건 아니다. 그리고 우리나라가 단일민족 국가라고 해서 타 민족을 억압하고 학대하느냐 이것도 아니다.

유럽이 다민족 국가가 된 것은 유럽은 예전부터 국경이라는 개념이 없었기 때문이다. 근대에 이르러 세금 문제로 인하여 국경의 개념을 확립한 것이다. 그래도 자유로이 왕래하다 보니 다민족 국가가 되었다. 미국은 이민의 나라이고, 노동력 확보를 위해서 아프리카 등지에서 흑인 노예를 납치해와서 살다 보니 다민족 국가가 된 것이다. 대한민국은 과거 백제 시대에 필리핀 등 동남아시아를 식민지로 경영했지만, 동남아시아 사람들을 잡아다가 백제의 노예로 부리거나 학대하지 않았다.

지금 대한민국은 '디바이드 앤 룰'에 당하고 있다. 말 그대로 분열 정책이다. 영국이 자국 영토의 50배에 달하는 인도를 식민지로 삼았던 이유가 바로 분열정책 때문이었다. 전두환 정부도 이를 응용하여 김대중, 김영삼 야권 인사들이 서로 비슷한 힘겨루기를 하도록 하여 서로 단합하지 못하도록 하여 자신의 독재를 확고히 하였다. 마찬가지로 강대국들이 자신들의 이익을 위하여 다른 나라의 민족과 국가정체성을 무너뜨리고 자기들의 문화를 강제로 주입하고 있는 실정이다.

요즘 세계화 열풍이 거세다. 세계화는 영어로는 'glovaliza-tion'이다. 풀어서 말하면 '전 지구적으로 무엇인가 동일화되어 간다'는 의미이다. 바로 무엇으로 동일화되냐 하면 미국화로 동일화된다는 것이다. 좀 더 확장해 말하면 강대국화로 동일화되어간다는 말이다.

진정한 세계화는 전주비빔밥처럼 지구상의 모든 민족과 국가가 각자의 색깔을 발하며 서로의 맛을 잃지 아니한 채 서로 어울려 사는 것이다. 지금 세계화 글로벌화로 가장 큰 이익을 보고 있는 국가는 바로 미국·중국 같은 강대국이다. ― 어쩌면 강대국을 움직이고 있는 유대인들이다. ― 지금 세계가 각 국가·민족들의 다양한 문화가 각자의 빛을 발하며 서로 잘 어울려 살고 있지는 않다.

강대국들의 문화가 약소국의 국가정체성과 주권을 흔들고 자기네들의 문화를 반강제적으로 주입하고 있는 실정이다. 우리나라만 해도 햄버거에 콜라가 우리의 흔한 간식거리가 된 것은 이미 오래전의 일이다. 거리의 간판만 해도 전부 외국어 투성이다.

세계화 좋다. 하지만 세계화가 제국주의 국가들에 의한 단일한 체계로 가는 것은 안 된다. 각 국가들이 자신들의 정체성과 주권을 지키면서 비빔밥 같은 세계화로 나아가야 한다.

　앞으로의 대한민국은 열린 민족주의, 즉 진정한 민족주의로 나아가야 한다. 우리 민족만 우수하고 남의 민족은 열등하다는 식의 민족주의는 하층 민족주의, 국수주의이다.

　내가 생각하는 민족주의는 지구상의 각 민족들이 민족성, 정체성을 유지하면서 서로 전주비빔밥처럼 잘 어울리는 민족주의이다. 좌파 민족주의나 우파 민족주의는 절대 아니다. 그냥 민족주의, 대한민국 민족주의이다.

『You can feel good again』

고등학교 2학년 때부터 11년 동안 쭉 읽어온 책이 있다. 바로 『생각의 집착을 버리면 행복해질 수 있다』(원제 : 『You can feel good again』)이다. 이 책은 말 그대로 행복해지는 방법을 설명한 책이다.

사람들은 누구나 살면서 수많은 문제에 부딪히게 되고 그에 관한 수많은 생각을 하며 살아간다. 생각 때문에 행복해 하기도 하고, 불행해 하기도 한다. 생각으로 인해서 심한 불안이나 우울 증을 겪는 경우도 있다. 하지만 생각이라는 것은 늘 현실과 같지 않을 수 있다. 생각이라는 것은 현실과 같을 수도 있지만 다소 다를 수도 있다.

본질은 문제를 푸는 게 아니라 문제를 벗어나는 것이다. 제목 그대로 생각의 집착을 버리는 것이다. 머릿속에 잡념이 들어오면 은연중에 그 문제를 풀려고 골머리를 앓는다. 하지만 그 문제는 풀리지 않고 점점 커지기만 한다. 꼬리에 꼬리를 물고 생각이 이어지기 때문에 머리가 아프기만 하다. 머릿속에 문제가 들어오면 무시해 버리면 된다. 집착을 버리면 된다. 풀리지 않는 문제를 푸는 방법은 문제 그 자체를 떠나 버리는 것이다. 그러면 자동적으로 문제가 해결된다. '건강한 심리작용이 작용해서 문제가 풀린다'고 이 책에서 거듭 강조한다.

현재 지구에 살고 있는 사람들이 정신병을 앓는 사람들이 많다고 한다. 사회가 복잡해지고 이것저것 신경 쓸 일이 많아지니까 사람들이 몇 가지 정신질환을 앓는 것은 당연하다고 한다. 하지만 이건 정확히 말하면 틀린 말이다.

현 세상·사회가 복잡해지고 이것저것 신경 쓸 일은 많다. 당연히 사람의 뇌가 한도 이상의 정보처리를 하려니 당연히 뇌가 부담을 느끼고 혼란스러워한다. 마치 사람이 봄·여름·가을에는 몸에 별 이상이 없다가 겨울이 되면 추워지니까 감기에 걸리는 사람이 많은 것과 같은 이치이다. 현대인들이 복잡한 세상에서 얻은 게 바로 신경증이다. 정신병이 아닌 신경증이다. 정신질환이 폐렴이라면, 신경증은 단순한 감기에 불과하다. 폐렴은 죽을병이지만 감기는 단순한 몸의 이상증세일 뿐이다.

기계에 비유한다면 단순한 오버히트 상태일 뿐이다. 기계를 무리하게 돌리다 보니 과열이 되었을 뿐이다. 그냥 가만히 놔두면 열이 식어 다시 원상태로 돌아온다.

현 대한민국에서 성인의 4분의 1이 신경안정제를 먹는다고 한다. 나도 신경안정제를 먹고 있다. 하지만 이건 우려할 일이 아니다. 오히려 더 좋은 일일 수도 있다. 그리고 어차피 사회가 안정되면 이런 신경증을 잃는 사람들은 다 사라질 것이기 때문이다.

따라서 복잡한 사회생활을 하면서 머릿속에 들어오는 수많은 생각을 현실과 구분하며 생각의 집착을 버리며 의연한 삶을 살면 모두가 다 행복해질 수 있다. 즐거운 기분으로 행복하게 살 수 있다.

판단력

사람은 삶에서 판단을 하며 자신의 삶을 만들어간다. 그 누구나 매순간 순간 내리는 판단이 옳기를 바라며 자신의 인생이 만족스럽고 후회 없기를 바란다.

가장 중요한 것은 판단이다. 판단이 핵심이다. '한순간이 평생을 좌우한다.'라는 말이 있을 정도로 삶에서 판단이 제일 중요하다. 판단을 잘하기 위해서는 유추보다는 직관력을 우선시해야 한다. 아인슈타인은 '이 세상에서 가치 있는 단 한 가지는 바로 직관력'이라고 했다.

인생을 살아가면서 판단을 내릴 때 가장 중요한 점은 바로 두 가지이다.

첫 번째는 바로 결단력이다. 바로 속전속결이다. 판단을 할 때 흔히 심사숙고하라는 말을 많이 듣는다. 심사숙고, 어떤 일을 결정하거나 판단할 때 그 일에 대해서 충분히 재보고 검토해 봐야 한다. 하지만 너무 그 일에 대해서 깊이 매달려서는 안 된다. 그러면 오히려 통찰력이나 판단력이 흐려지기 때문이다.

제레미 리프킨의 『엔트로피』에서는 직관이나 본능은 현재 일어나고 있는 사건의 진실과 좀 더 '주파수'가 잘 맞는다고 한다. 사고과정에 단계가 많을수록 일은 더욱 복잡하고 추상적이며 중앙집중화된다. 그래서 에너지가 더욱 분산되고 무질서가 발생한다.

어떤 일을 사려 깊게 생각하되 이거다 싶으면 그 즉시 행동에 옮겨야 한다. 장고 끝에 악수를 두는 법이다. 무슨 일이든지 『삼국지』의 조조처럼 속전속결로 일을 끝내버려야 한다.

두 번째는, 모든 판단은 자기 스스로 내려야 한다.

곤충학자 파브르가 어린 시절 허물을 벗고 나오려는 나방을 보고 너무 힘들어 보여 허물을 잘라서 나오기 쉽게 해주었다. 나방이 허물을 벗었으니 이제 잘 날아오를 줄 알았는데 그 나방은 잘 날지 못하고 비실비실거리다가 금방 죽어버렸다. 허물을 힘겹게 벗고 나오면서 날개 힘이 강해져 그 힘으로 하늘을 힘차게 날아올라야 하는데 허물을 너무 쉽게 벗어나니 날 힘이 제대로 길러지지 않아 그만 날지 못하고 힘없게 죽어버렸다는 것이다.

옛날 내시의 부랄을 모두 제거했다. 내시는 왕 옆에서 왕의 모든 시중을 맡아보는 직무이다. 따라서 왕과 함께 일거수일투족을 함께하며 모든 일을 옆에서 지켜보게 된다. 그러면 자연스레

왕의 일에 간섭을 하게 된다. 내시는 왕이 잘되는 마음으로 나름 충성한다는 의미로 하지만 작사도방의 우를 범할 수 있기 때문에, 이 사람 저 사람 말대로 일을 추진하다가는 우왕좌왕거려서 결국에 아무 일도 제대로 못 하기 때문에 왕의 뜻대로 모든 일을 처리하라는 의미에서 내시의 성기를 거세했다. 남자 구실을 못하는 사람의 말은 믿음직스럽게 들리지 않기 때문에 무시하라는 의미로 말이다.

가정에서도 부모들은 자녀 일에 간섭을 하지 말아야 한다. 간섭은 반드시 피해를 낳기 때문에 다소 어리숙해 보일지라도 자녀의 모든 일은 자녀 스스로 해결해야 한다. 부모는 간섭하는 대신에 나도 커서 부모처럼 되고 싶다는 모범이 되어야 한다. 비평보다는 본보기가 필요하다. 이걸로 충분하다. 섣부른 공명심에 의하여 자녀의 인생을 망쳐서는 아니 된다.

발 해

나는 작가이다. 수많은 지식을 습득하고 있으며, 별의별 생각을 다하며 작품활동을 하며 살고 있다. 작가의 지식과 생각은 진부하지 않고 상큼해야 한다. 늘 변화를 추구해야 한다. 그리고 무엇보다도 사물과 세상의 본질을 꿰뚫어야 한다.

지식과 본질에는 괴리가 있다. 예를 들면 세계를 나누는 기준이다. 흔히 세계를 동양과 서양으로 나눈다. 하지만 구분이 정확하지가 않다. 정확히 어디를 딱 잘라 말하기도 그렇고 구분이 애매모호하거나 잘못 인식된 경우도 있다. 흔히 인도는 동양이라고 알려져 있다. 하지만 인도는 정확히 말하자면 서양이다. 동양적인 요소가 어느 정도는 있지만, 인도는 이란, 유럽과 피가 같다. 또한 언어 또한 같다. 사상도 어느 정도 일맥상통한 부분이 있다. 그리스의 4원소설과 불교의 4방설이 대표적인 예이다.

또한 아프리카, 아메리카는 대체 어디에 속할까? 아프리카에서도 이집트 문명이 꽃피웠고 원시인들이라고 할지라도 문화는 분명히 있다. 사람은 생각을 하는 동물이고, 생각을 하면 반드시 철학과 문화가 싹트기 마련이다. 아프리카는 문명은 비록 발전하지는 않았어도 문화는 발전했다. 아메리카에서도 잉카 문명, 아즈텍 문명이 꽃을 피웠다.

이 세상을 이분법의 틀로 보니까 이런 오류가 생기는 것이다. 보르헤스라는 사람은 '하긴, 세상을 분류하는 행위치고 임의 전횡이 아닌 게 없다는 건 세상이 다 아는 사실이다. 그 이유는 간단하다. 바로 우리가 세상이 무엇인지 알지 못하기 때문이다.'라는 말을 했다. 이분법은 세상을 간편하게 나누어 보는 데는 유익하다. 하지만 단점은 세상과 사물의 정확한 실체를 못 본다는 점이다.

대학교에서 대학교수들은 이분법으로 모든 세상을 본다. 이분법이 아니면 아예 지식을 접근하는 방법조차 모른다고 해도 과언이 아니다. 권위적이다 해서 진리에 근접한다는 것은 절대 아니다. 또한 잘못 알고 있는 경우도 허다하다.

우리나라 역사를 예로 들면 역사학 교수들은 발해라는 나라는 대조영이 세웠고, 지배층은 고구려인들이며 극소수이고 피지배층은 말갈인들이라고 말한다. 하지만 이는 틀린 말이다. 발해의 민족구성에서 극소수 지배층이 고구려인이고, 대다수 피지배층이 말갈인이라는 이론을 제시한 사람은 일제 어용학자이다.

반도사관에 입각하여 조선의 민족성을 말살하고, 조선 역사의식을 위축시키려는 의도하에 만들어진 이론이란 말이다. 재야사학자들이 우리나라 역사학계를 식민사학이라고 비난하는 이유도 일제학자들이 식민사관에 입각하여 전개한 역사이론을 아무 비판 없이 그대로 수용한 점을 문제시하는 것이다.

조선과 중국의 경우도 이와 비슷하다. 흔히 조선 시대에 중국한테 사대를 했기 때문에 은연중에 중국에 대한 열등감을 갖고 있다. 조선은 중국의 아류쯤으로 생각하는 경향이 강하다. 하지만 그렇지 않다. 금나라·청나라 황제의 성이 '애각신라'이다. —애신각라'라고도 하는데 '애신'은 만주어로 '금(金)'을 의미하며, '각라'는 여진어에서 '원방(遠方)'을 의미하는데 후에 '원지(遠支)'를 의미하는 말로 바뀌었다. 결국 만주어 '애신각라'는 김원지(金遠支)인데 우리말로는 '김 씨의 먼 지손'이 된다. —성만 보더라도 한반도 신라의 후손이라는 점이 명백하다. 조선과 같은 핏줄이 금나라와 청나라를 세워서 중국과 중국인을 다스렸고 조선은 그 왕조에 사대를 했다. 지금으로 말하자면 대한민국 국적은 아니지만 조선족이 왕조를 세워 중국과 중국인을 다스렸고 우린 그 조선족한테 사대를 했다는 것이다. 덧붙여 삼황오제도 동이족이고, 중국의 고대국가인 하나라·상나라도 동이족이 세운 국가이다.

틀에 박힌 생각보다는 진실을 올바르게 보는 생각이 중요하다. 이분법을 넘어서는 사고가 이제는 필요하다.

농사

요즘 농가에서 수확이 한창이다. 동네를 산책할 때 논에서 콤바인으로 쌀을 수확하는 모습을 바라볼 때 왠지 흐뭇한 느낌이 든다. 쌀을 수확하는 것은 그저 평범한 일상에 불과한데 왠지 신비롭게 보인다. 아무래도 내가 농가에서 자라서 그런 모양이다.

농사일은 무지 힘들다. 땡볕에서 종일 일을 해야 하기 때문이다. 하지만 세상일 중에서 가장 보람있는 일이다. 사람들의 먹거리를 생산해내는 일이기 때문이다. 사람은 먹어야 살아간다. 좋은 집, 비싼 차 이런 것도 먹을 것이 없다면 아무 소용이 없다. 따라서 농사꾼은 이 세상 그 어떤 직업보다도 고귀하고 훌륭한 직업이다. 옛날부터 농사는 천하의 근본이라고 했다.

내가 5~6살 먹었을 때에는 너무 어려서 부모님하고 할머니가 농사일을 하면 옆에서 구경하고 뛰어놀았다. 10살 정도 먹어서는 농사철일 때 농사일을 약간씩 거들었다. 우리 집은 고추농사를 지었는데 고추 고랑에 비닐 씌우고, 고추 모심기, 고추 따기, 비닐 걷기 등의 농사일을 했다.

농사는 살아있는 체험이다. 농사 일을 하면서 노동의 의미도 알고 생명체를 내 손으로 키우다 보니 생명의 소중함과 값어치를 몸소 느끼게 되었다고나 할까, 마치 생명과의 대화를 하는 것과 같았다. 농사는 삼라만상의 조화를 담고 있다.

지금은 삼례에 살고 있는데 만약 부모님이 살아계시면 고향 변산으로 내려가서 낮에는 농사일을 하고 밤에는 글을 쓰며 살고 싶은 심정이다. 말 그대로 주경야독이다. 농사일을 하면 소득도 별로이고 좀 안 좋게 보는 시선이 있다. 그렇지만 삶에서 무조건 돈이 많다고 좋은 것은 아니다. 물론 돈은 살아가는 데 절대적으로 필요하다. 돈 한 푼 없이 행복하다는 것은 어불성설이다. 돈은 적당히, 약간 여유 있는 생활을 할 정도면 되고 진정 자기가 하고 싶은 일을 하면서 보람을 느끼고 사는 게 진짜 행복이 아닌가 한다.

사람은 누구나 부자가 되고 싶어한다. 부자는 돈이 많은 사람을 가리킨다. 하지만 부자는 여러 가지로 정의할 수 있다. 부자를 또 다르게 정의하면 자기가 무엇을 하고 싶을 때 쓸 수 있을 정도의 돈이 있으면 그것이 부자이다.

결혼하면 경기도 화성의 조그만 시골에서 텃밭이나 일구며 자식들을 키우고 싶다. 아이들이 내가 느꼈던 생명의 소중함과 자연의 가치를 느끼면서 컸으면 한다.

우울증의 진실
— 백면괴

2006년에 어느 고양이 한 마리가 있었다. 고양이 무리 중에서 아주 영리하고, 힘도 세고, 뭐 하나 빠질 게 없는 고양이였다. 그래서 그 고양이는 자기 무리를 지배하면서 잘살아갔다. 그러나 어느 순간⋯ 갑자기 이상해졌다. 때때로 기분이 나빠지면서 불쾌한 생각이 드는 증상이 일어났다. 처음 한두 번은 괜찮았는데 자꾸 그런 증상이 일어나니 서서히 모든 게 힘들어졌다.

처음엔 그게 현실에서 일어났거나 일어날 수 있는 생각인 줄 알아서 심히 놀랐으나 현실하고는 동떨어진 날조되고 망령된 생각임을 알았다. 그래서 생각하지 않으려고 했다. 하지만 어긋나고 어지러운 (왜곡된) 현실 상태를 나타내는 망령된 생각이 계속 들었다. 그러면서 몸과 마음이 아프기 시작했다. 도대체 어찌할 바를 몰랐다. 고양이는 이런 증상을 어떻게 극복해야 할지를 몰랐다. 단지 분석만 할 뿐이었다. 이런 증상 때문에 무리에서 으뜸으로 뽑히며 무리를 이끌던 고양이는 무리에 제대로 끼지도 못했다. 간단한 쥐 하나도 사냥 못 해서 별 볼 일 없는 고양이한테 구걸해서 먹는 존재로 전락했다. 마음이 갈기갈기 찢기고 어긋나 있으니 뭐 하나 제대로 되지를 않았다. 이런 증상을 극복해야겠다고 고양이는 마음먹었지만, 도대체 어떡해야 할지를 몰랐다. 언제나 망령된 생각을 분석하고 있는 수밖에 없었다.

분석을 하는 도중에도 '이런 생각은 현실에서는 절대 일어날 수 없다. 이건 가짜다.'라고 생각을 하면서도 쉽사리 물리칠 수 없었다. 왜냐하면 망령된 생각이 바로 감각을 지배하고 있기 때문이다. 감각을 지배하고 있기 때문에 너무나 진짜처럼 느껴졌다. 망령된 생각이 고양이의 머릿속을 휘젓는 순간이면 마치 모든 것이 나쁘게 느껴졌다. 방금 전까지만 해도 아무런 이상이 없었는데 망령된 생각이 휘젓자 내 인생 모든 게 망가져 보였다. 물론 가짜라는 것을 알지만 어찌할 수 없었다. 진짜 생각과 망령된 생각을 약간은 구별할 수가 있다. 종이 한 장의 차이로 말이다. 그러나 안타까운 점은 바로 종이 한 장의 차이라는 점이다. 적어도 종이 두 장의 차이라면 쉽게 물리칠 수 있을 텐데 말이다.

베트남에서 한국군과 미국군이 베트콩을 쉽게 제압하지 못한 이유와 같았다. 정글 속에서 베트콩이 숨어서 총을 딱 한 방씩만 쏘고 숨어 있기 때문에 반격을 제대로 할 수 없었다. 총을 적어도 두 방씩만 쏜다면은 연음으로 인해서 적의 위치를 가늠이나 할 텐데 말이다. 또한 미국 경찰은 마피아와 대대적인 전쟁을 벌이고 있지만 쉽게 제압하지 못한다고 한다. 왜냐하면 대체 마피아가 누군지를 모르기 때문이다. 그리고 또 하나 망령된 생각을 제압하지 못하는 이유는 적이 바로 내 안에 힘을 이용한다는 사실이다. 망령된 생각을 분석하는 데 들이는 에너지 말이다. 망령된 생각이 쉽게 사라지지 않는 이유가 바로 자기 자신이 그 에너지를 공급하고 있기 때문이었다. 그리고 망령된 생각은 하나를 분석해서 해결하면, 다른 망상이 나타난다. 또 그걸 해결하면 이번엔 또 다른 게 나타난다. 하나의 망령된 괴물이 가면만 바꿔 쓰고 나올 뿐이었다. 바로 백면괴(白面怪)였다.

　이런 나날들이 줄곧 이어지며 어느 날 물가를 산책하던 중 생쥐를 발견하고 그 물가에서 생쥐사냥을 했다. 옛날엔 간단하게 잡았는데 정신이 흐트러진 상태여서 쉽게 잡을 수가 없었다. 이렇게 쫓고 쫓는 상황이 계속되던 중 생쥐가 얼마나 다급했는지 물가로 헤엄쳐서 도망갔다. 고양이는 물을 싫어하기 때문에 물에 들어가지는 않았다. 하지만 물에 비친 자신의 모습을 보았다. 생쥐가 헤엄치면서 물을 흩뜨려 놓았기 때문에 일그러져 보였다. 원래 내 모습은 멀쩡한데…. 물에 비친 일그러진 모습이 진짜 내 모습 같아서 그 모습을 바로 고치려고 싫은 물에 발을 담그며 바르게 고쳐 보려고 했다. 그러나 더욱더 물에 비친 자신의 모습이 일그러지는 것이었다. 하다가 지쳐서 그만두었다.

그러자 평범하지만 놀라운 일이 일어났다. 물이 잠잠해지면서 원래의 자신의 모습이 뚜렷이 물가에 비치는 것이었다. 순간 고양이는 깨달았다. 생쥐 한 마리가 내 마음속에서 잠시 물을 흐려놓았던 것이구나. 원래는 모든 게 멀쩡한 데 흐트러진 물이 멀쩡한 현실을 왜곡되게 그렸던 것이었구나.' 그리고 일그러진 모습을 바로 고치려고 물에 발을 담그는 행위가 오히려 일그러진 것을 더욱 더 심하게 한다는 것도, 계속 유지한다고 말이다. 이제 드디어 알았다. 모든 것을⋯.

'난 지금까지 현실을 보지 못하고 흐트러진 물에 비친 왜곡된 세상을 바라보았구나⋯. 모든 것은 그대로인데 단지 물에 비친 영상만 흐렸을 뿐이다. 이제 망령된 생각과 현실을 제대로 구분할 수 있게 되었다. 망령은 모순이다. 절대 논리로 풀 수가 없다. 풀리지 않는 문제는 문제 그 자체를 떠나야만 그 모순을 풀 수 있다. 내가 망령된 생각을 바로잡으려고 분석하면 할수록 더욱 더 문제가 꼬여 보이고 정신이 흐려질 뿐이다. 가만히 있으면 원래대로 된다. 무슨 생각이 들든 간에 말이다.'

마음을 바로 잡을 때 처음에는 힘들었다. 또한 절박했다. 자꾸 망령된 생각에 반응하려는 마음이 들려고 했다. 마음속 한구석에서는 현실보다는 왜곡된 현실을 더욱더 믿고 고수하려는 강박이 일어나기도 하였다. 그러나 버텼다. 그러니 저절로 마음이 바로 잡혔다. 기분이 좋아지고 옛날의 기분과 힘도 되찾았다. 그러던 중 고양이는 잠에서 깨어났다. TV를 보면서 잠시 잠이 들었던 것이다. TV에서는 영화 '괴물'이 방영되고 있었다. 그리고 한쪽에는 썩은 치즈가 놓여 있었다.

'아마도 내가 썩은 치즈를 먹고 꿈속에서 영화처럼 괴물(백면괴)에 쫓겼던 모양이군. 현실에서 TV 속의 괴물을 보고 멀쩡했는데 왜 마음속의 괴물을 보고는 왜 이리 혼란스러웠는지…….' 고양이는 이런 생각을 하면서 나직이 이런 말을 내뱉었다.

"잠시 우울증에 빠졌던 게야. 우울증(백면괴) 때문에 이렇게 혼란스러웠던 게야. 전부다 현실하고는 상관없는 가짜잖아. 마음이 어지러워서 현실이 왜곡돼 보였던 것이고, 가만히 있지 못하고 촐랑댔기 때문에 더 어지러웠던 게야. 우울증(백면괴)을 극복하는 방법은 간단하군. 망령된 생각과 현실을 구분하고, 현실의 TV처럼 보고 싶지 않은 마음속의 TV를 꺼버리면 된다(절대로 보고 분석해서는 안 된다. 무시해야 한다)." 이렇게 말하면서 안도의 한숨을 쉬고 있는 중에 모퉁이 옆 생쥐 한 마리가 보였다. 생쥐가 고양이의 괴롭힘에 앙갚음하려고 썩은 치즈를 몰래 놓아두었던 모양이다. 고양이는 생쥐를 보자 일상처럼 생쥐를 잡으러 달려갔다.

돈과 노예

돈이란 대체 돈이 무엇일까? 최근 들어 자꾸 드는 생각이다. 어렸을 때는 돈이란 그저 있어도 그만 없어도 그만이라는 생각을 했다. 삼시 세끼 밥만 잘 먹고, 생활하는 데 부족하지 않을 만큼의 돈만 있으면 충분하다는 생각이었다. 하지만 사회생활을 해보니 그게 아니었다.

대한민국이 FTA 문제로 뜨거웠던 적이 있다. FTA를 대한민국에서 받아들일 것인지, 말 것인지로 말이다. 일반적으로 상류층에서는 FTA를 받아들이자는 입장이고, 중산층이나 서민층에서는 FTA 반대 입장을 냈다. 그 이유는 FTA가 상류층이 돈 벌기에 유리한 반면 중산층이나 서민층에게는 극단적으로 말해서 파멸을 가져올 수 있다는 주장 때문이다.

난 FTA를 격렬히 반대했다. 자유무역 하는 건 좋다. 하지만 자칫하면 우리나라가 '경제식민지 국가'가 될 수 있다는 논리에 때문이다. 미국을 무서워하는 게 아니다. 내가 진짜로 무서워하는 것은 미국 뒤에서 숨어서 전 세계의 자본을 착취하는 프리메이슨(유태인 은행가)을 두려워하는 것이다. 자칫하면 대한민국도 프리메이슨의 노예국가로 될 수 있다.

예전에 미국의 유명한 영화배우인 멜 깁슨이 술에 취해서 "이 지구상에서 일어나는 모든 전쟁은 유태인들 때문이야."라는 말을 해서 큰 곤욕을 치른 바 있다. 상식적으로 쉽게 이해가 안 되는 말이다. 이라크 전쟁을 비롯하여 거의 모든 전쟁은 미국 대통령의 사인하에 치러진 전쟁인데 유태인들 때문이라니…

세계 폴리스 국가를 자처하는 미국도 이스라엘이 팔레스타인 사람들을 대량 학살하는 일에 대해서는 절대 터치를 하지 못한다. 말 한마디도 못 한다. 왜냐하면 미국 내의 모든 돈은 바로 유태인들의 손아귀에 있으므로…. 만약 프리메이슨의 비위를 건드릴 시에는 미국도 무사하지 못하기 때문이다.

사람 몸을 지배하고 있는 것은 머리이다. 하지만 그 머리를 움직이는 것은 목이다. 마찬가지로 세계를 지배하고 있는 것은 바로 미국이다. 하지만 그 미국을 움직이는 것은 유태인들이다.

유태인 출신의 전설적인 은행가인 로스차일드는 이런 말을 했다. "내가 한 국가의 화폐발행권만 가질 수 있다면 누가 법을 정하든 상관없다." 자본주의 사회에서는 돈이 곧 권력이고 자유이다. 그 모든 것일 수도 있다.

진정한 자유인은 바로 빚을 지고 살지 않는 사람이다. 빚이 있는 순간부터 그 빚을 갚기 위해서 온종일 노예처럼 일해야 하기 때문이다. 다른 방식으로 생각해보면 보수가 아무리 많아도 그 돈을 쓸 여가 시간이 없다면 그것도 자유인이 아니다. 경제에 대한 대대적인 수술이 필요하다.

대한민국은 수출주도형 국가이다. 그만큼 외국에 대한 의존도가 높다는 의미이다. 수출도 중요하지만 그와 함께 내수시장도 크게 키워야 한다. 김대중 정부 시절 헐값에 팔아치운 국영기업을 다시 사들여 국유화해야 한다. 2008년 미국 경제악화로 우리나라까지 피해를 입었다. 대한민국 식의 자주적인 경제체제를 확립하여 경제의 자주성을 키워야 한다. 어떠한 외풍에도 흔들리지 않을 만큼 말이다.

우정과 사랑 사이에서

난 운이 좋은 사람이다.

내 나이 21살 2005년도에 할머니의 강요에 못 이겨 교회에 나가게 됐다. 교회 청년부 사람들과 처음 만나게 됐다. 그중에서 눈에 띄는 사람이 한 명 있었다. 나보다 2살 어린 여자애였는데 "아, 예쁘다." 탄성이 절로 나왔다. 예쁘니까 그냥 친하게 지내고 싶었다. 그래서 기회를 봐서 말을 거니 장난스럽게 대꾸했다. 말을 놓고 지내게 되었다. 그런데 존대를 하는 게 아니라 반말을 했다. 교회 오빠, 동생의 먼 사이가 아닌 어깨동무를 하는 친구 사이로 지내고 싶었나 보다. 빠른 87인데 아무튼 귀여우니까 봐줬다. 일요일마다 심한 장난을 치며 친해졌다.

교회수련회 갔을 때 짓궂은 장난을 쳤더니 주위 여자들이 그 애 보고 "야, 너 좋아하나 봐. 한번 사귀어 봐." 라고 하니 손을 내저으며 "내 스타일 아니야, 내 스타일 아니야." 손사래 치는 걸 보고 설마 날 좋아하지는 않고 그냥 친한 친구로 생각하는 줄 알았다. 사랑의 대상이 아닌 그냥 교회 오빠로 생각하는 줄 알았다.

친하게 같이 놀면서 지내다가 한 해가 거의 끝나갈 무렵 갑자기 그 애가 "나 이제 오빠랑 말 안 할 거야." 하면서 나를 모른 척했다. 22살이 되어 교회 주일마다 나가서 예배드리는데 작년까지만 해도 친하게 지냈는데 갑자기 말도 안 하고, 모르는 척을 했다. 좀 의아했다. '얘가 왜 이러지.' 정말로 이상했다. 그런데 알게 모르게 자꾸 신경이 쓰였다. 나하고만 말하고 장난쳤는데 다른 남자하고 말 섞고 장난치니 기분이 영 찜찜했다. 내 여자친구도 아닌데 괜히 질투가 나고 애가 탔다.

그때는 내가 정말로 싫어서 그러는 줄 알았다. 그런데 그게 아니었다. 사랑에 관련된 명언 중에 관심을 더욱 끌기 위해서는 무관심한 척해야 한다는 말이 있다. 진짜로 무관심이거나 싫은 경우는 무반응을 취해야 한다. 상대 자체를 쳐다보지도 않고 설사 마주친다 해도 무표정, 무행동으로 일관해야 한다. 그런데 싫다는 내색을 역력히 보여줬다. 웃는 모습도 예쁘지만 토라진 모습이 더욱 예쁘다. 강한 부정은 곧 강한 긍정을 나타낸다는 의미인데….

자세히 생각해보니 밀당을 하는 거였다. 난 그 애를 그냥 교회 다니는 예쁜 동생으로만 여겼는데 그 애는 날 남자로 봤나 보다.

난 그냥 예쁘고 귀엽게 생겨서 그냥 장난치고 친한 느낌으로 다가갔는데 그 애는 그것을 사랑의 느낌으로 받아들였나 보다.

사랑한 것도 아닌, 사랑 안 한 것도 아닌 이걸 뭐라 할지 모르겠다. 그 애는 아마도 날 첫사랑이라고 생각했을지도 모르겠다. 가슴과 가슴으로 느끼는 감정, 이것도 사랑일까?

친구랄 수도 애인이랄 수도 없는 두 사람의 관계는 참으로 미묘하다. (분위기나 기분 따위가) 표현하기 어렵게 묘하고 이상하다. 야릇하다고 해야 할까? 아무튼 야리꾸리하다. 어쨌든 공감대를 형성한 것은 확실하다.

난 15살에 처음 연애를 시작했다. 공개 연애가 아닌 비밀 연애, 그리고 지금까지 어장관리로만 일관했다. 남녀관계에서 친구와 애인 그 중간에서 만나왔다. 잘한 건지, 못한 건지 모르겠지만, 이제는 한 번 공개 연애를 해볼까 한다.

다리

●

●

알바를 하기 위해 전북대 게시판을 보고 있는 중에 고소득 알바글이 올라왔다. ㈜관수이앤씨에서 이순신 대교를 건설하는데 역부를 모집한다는 것이다. 일당이 20만 원+@였다. 일급이 20만 원이라는 글을 보고 이것저것 따질 거 없이 얼른 전화를 걸어 알바 신청을 했다.

2011년 4월 2일 광양일터 숙소에 도착해서 짐을 풀었다. 숙소에는 내 또래 3명이 더 있었다. 한 명은 사업자금을 벌기 위해서, 한 명은 대학등록금을 벌기 위해서, 그리고 한 명은 용돈을 벌기 위해서 왔다고 한다. 한 명은 고등학교 후배, 한 명은 대학 선배였다. 조공들은 대부분이 대학생이었다. 내가 거주하고 있는 삼례 지역의 우석대학생도 의외로 많았다.

바로 일을 할 줄 알았는데 우선은 안전교육부터 받았다. 혈압

체크부터 시작해서 몸에 이상이 없는지 이곳저곳 확인을 받았다. 혹시 일하다가 부상이나 사고를 당할 수 있기 때문이다.

2012년 5월에 열리는 여수엑스포 이전에 다리를 개통해야 하기 때문에 2조로 나누어서 하루 24시간 다리 공사를 했다. A조 일하면 B조는 쉬고, B조가 일하면 A조는 쉬고 이렇게 말이다. 이순신 대교를 놓음으로써 여수엑스포에도 도움이 되고 또한 이 다리로 인해서 광양제철에서 여수산업공단으로 운송 시간이 40분에서 10분으로 단축되는 효과도 있다.

일은 아침 6시에 일어나서 육지 도크로 차 타고 간 다음 다시 10분 정도 배 타고 묘도로 가서 엘리베이터를 타고 탑으로 올라가서 일했다. 270m 상공 위를 걸어 다니려니 처음엔 무서워서 안전대 줄을 꼭 잡고 천천히 다녔다. 그러나 이튿날부터는 뛰어다니면서 일했다. 마치 놀이기구를 타는 듯한 느낌이었다.

봄날이어서 그런지 묘도에 벚꽃이 예쁘게 피었다. 270m 위에서 바라보는 묘도의 벚꽃이 참으로 아름다웠다.

일을 하기 전에는 막노동이라서 힘들 줄 알았는데 별로 힘들지 않았다. 역부들은 스피닝휠이라는 기계가 와이어를 깔고 다니면 그 와이어를 다리 위에 제대로 안착시키는 역할과 기타 잡일 정도만 하면 되었기 때문이다. 그것도 기계가 45분에 한 번씩 오고 10분 정도만 일하면 되기 때문에 한마디로 그냥 거저먹는 거다. 문제는 잠이었다. 종일 꼬박 눈뜨고 있는 게 처음 해보는 일이라서 쉽지만은 않았다. 그렇지만 돈이 하루에 22만 5천 원이기 때문에 행복하게 견딜 수 있었다.

일을 하면서 다리라는 구조물이 어떻게 만들어지는지 현장 교육까지 함께 받았다. 참 사람이란 동물은 대단하다. 이런 구조물까지 만들고 다리 만드는 걸 직접 보고 일했지만, 아무튼 신기했다.

하지만 하루 24시간 철야를 하면서 일하려니 무지 힘들었다. 그래도 즐겁게 버틸 수 있었다. 바로 동료들의 우정과 의리를 느낄 수 있어서이다. 요즘은 대학 친구들도 서로 이익 챙기기에 바쁘다. 같이 밥을 먹어도 자기 밥값하고 여자애들 밥값은 같이 계산하면서 남자 밥값은 따로 내라 한다. 여자애들의 환심을 사서 친하게 지내기 위해서 말이다. 나도 이런 일을 당해봤다.

그러나 여기 친구들은 달랐다. 순박하고 의리가 있었다. 시간을 잘못 조정하여 혼자서 생활하고 있는데 처음 보는 친구가 전화번호를 물어서 같이 피시방 가고 피시방비도 대신 내 주어서, 난 음료수를 사주었다.

석 달 일해서 천만 원 벌어가려고 했는데 일하는 도중 부적절한 행동을 하여 잘리고 2주일 치 임금 84만 원만 받았다. 93만 원인데 세금 10%를 떼니 84만 원이었다. 돈을 받고 흐뭇한 기분과 함께 아쉬운 기분도 들었다. 2주만 더 버티면 140만 원은 더 벌 수 있었는데 좀 아쉬웠다. 그래도 좋았다. 내 힘으로 돈을 벌고 세금도 내고 사니 말이다. 돈을 받자마자 시청 옆 홈플러스로 가서 30만 원을 주고 넷북을 하나 구매하고 돔나이트 클럽도

갔다. 아무튼 돈을 가치 있게 썼다.

초년고생은 은을 주고 사서도 한다. 무엇보다 의리 있고 뿌듯한 경험을 해서 좋았다. 어쨌든 어리고 젊은 시절에는 다양한 경험을 해보는 것이 좋다.

대륙과 반도

대한민국은 반도 국가이다. 대륙의 구석 모퉁이에 조그맣게 붙어있다. 대륙의 중심에 있지도 않고 국가영토도 작기 때문에 한국을 비하하고 중국 같은 대륙을 동경하는 이들도 적지 않다.

하지만 중원을 차지하고 있는 중국보다 한반도에 있는 국이 훨씬 좋다. 공자는 조선을 가리켜 간방 땅이라고 했다. 세포에 비유하자면 줄기세포에 해당하는 지역이라고 했다.

세계 4대 문명권보다 훨씬 앞선 홍산문명이 최근 주목을 받고 있는데 홍산문명을 일군 민족은 바로 동이족(한민족)이었다. 또한 대륙이 아닌 반도에서 인류 문명의 최대의 발명품이라 할 수 있는 한글과 금속활자가 발명되었다. 한글은 익히 알려진 대로 모든 소리를 표현할 수 있고, 아무리 머리가 나쁜 자라도 금방 쉽게 깨우칠 수 있다. 우리나라 국민의 문자해독률이 95% 이상 된다는 게 확실한 증거이다.

금속활자 또한 고려의 최첨단기술이 동원되어서 만든 것으로 이것을 독일의 구텐베르크가 인쇄 혁명을 일으켰다. 이 인쇄 혁명이 지식 혁명으로 이어져 근현대가 탄생할 수 있는 배경을 만들었다.

땅 크기를 논할 때 중국은 대한민국의 육지면적의 50배에 달한다. 하지만 중국은 국토의 60%가 해발 2,000m 이상에 있어 농사짓기에 부적합하다. 땅은 넓은데 가용면적은 별로 되지 않는다. 하지만 우리나라는 불모지가 아예 없다. 국토가 전부 금수강산이고 문화재이다.

조선 시대에 우리나라가 중국에 굽실거렸다고 자존심 상해하는 대한민국 국민들이 많이 있다. 물론 중국에 허리를 굽힌 건 맞다. 그 당시 중국이 영토도 제일 넓고 인구도 제일 많으며 최강대국이었으니까 어쩔 수 없었을 것이다. 하지만 중국은 한족이 대륙을 다스린 적은 별로 없다. 대부분 이민족들이 왕조를 꾸려 중국 대륙을 지배했다. 당연히 중국 대륙은 전쟁이 빈번했다. 하지만 조선은 왕조가 중국에 허리를 굽히는 대신 500년 동안에 임진왜란, 병자호란 빼고는 오랫동안 평화를 유지했다. 왕조의 자존심은 약간 긁혔어도 조선 백성들은 전쟁 없이 정말 평화로운 삶을 살았다.

삼전도의 치욕은 물론 수치스러운 일이다. 하지만 달리 생각해 볼 수 있다. 삼전도의 치욕은 당시 청나라 황제 홍타이지한테 조선 인조가 삼전도에서 머리를 찧으며 굴욕을 당한 일이었다. 하지만 청나라 황제 홍타이지는 한반도의 피가 흐르는 사람이었다. 청나라 황실의 성인 애각신라가 그 확실한 증거이다. 조선왕이 이민족 왕한테 머리를 조아린 것이 아니라 청나라에서 새로이 왕조를 연 한민족 출신 홍타이지한테 머리를 조아린 것이다. 말하자면 같은 조선 사람한테 머리를 조아린 것이다. 단지 국적만 다를 뿐이다.

우리나라의 영토는 작지 않다. 적당하다. 대영제국이라 불리며 전 세계 육지의 4분의 1를 식민지로 거느렸던 영국도 국토면적이 24만㎢이고, 로마제국이라 불리며 유럽 전역을 영토로 삼았던 이탈리아도 국토면적이 30만㎢이다. 한반도 국토면적 22만㎢이면 영국, 이탈리아와 별반 다를 바 없고 유럽 평균 영토 크기이다. 우리나라보다 영토가 작은 유럽의 나라로는 포르투갈, 그리스, 스위스, 크로아티아 등 수많은 나라가 있다.

간도 문제를 논할 때 간도는 중국과 한국 둘 중 어느 소유가 아니라 양국 모두 소유인 공유지였다. 한민족의 발상지인 동시에 청나라의 발상지이다. 간도는 만주의 일부인데 중국과 한국의 중간에 섬처럼 있다고 하여 間島라고 한다. 고려 시대에도 직접 통치는 아니더라도 간접 관할구역이었다. 여진족이 번호라는 나라를 세우고 살 때에도 고려에 조공을 했다. 공민왕도 원나라 황실에서 심양왕 겸 고려왕으로 임명했다.

조선 시대에도 명나라가 간도 지방을 자기네 영토로 여겨 통치하지 않고 조선의 간접 통치를 허락했다. 후기 조선 때 외국인들이 그린 조선의 지도에서도 간도를 조선의 영토로 표시했다. 그러던 중 청나라 시대에 유조변책을 만들어 봉금 지역으로 설정한 이후에 간도 지방은 무주지가 되었다.

1800년대에 조선 사람이 대거 이주하여 무주지를 개간하고 살면서 간도 문제가 불거지기 시작했다. 현재는 중국 영토가 되었지만, 대한민국 사람 일부에서는 무주지를 먼저 선점한 나라가 그 나라의 땅이 되니 우리 땅이라고 우긴다.

현실적으로 중국이 세계 제1강대국으로 발돋움하는 마당에 간도를 중국으로부터 돌려받는다는 것은 말도 안 되는 소리이고 간도 수복을 한다는 것은 사실상 불가능해도 경제 공유지로 하면 나을 듯하다.

정도전과 이방원

2014년 새해 벽두부터 대하드라마 '정도전'이 방영됐다. 나도 정말 재밌게 봤다. 가장 인상 깊은 장면은 이성계 아들 이방원이 정도전을 처단하는 장면이었다. 이 장면을 보면서 이방원의 천재성에 실로 감탄했다. 역사 공부를 하면서 이방원은 나이 18살에 사법고시를 합격했다는 사실을 알고 머리가 비상한 사람이었다고 생각했지만, 정도전을 제거할 정도로 천재일 줄은 요즘에야 실감했다.

최근에 유투브를 보니까 프리메이슨에 관한 동영상이 올라와 있다. 보고 깜짝 놀랐다. 로스차일드는 생전에 '나는 어떤 꼭두각시가 권력을 획득하는지는 신경 쓰지 않는다. 영국의 통화를 지배하는 자가 대영제국을 지배하는 것이고, 나는 영국의 통화를 지배한다.' 이런 말을 했다. 지구의 육지면적의 4분의 1을 지배한 대영제국이 여왕이나 수상의 뜻에 따라 움직이는 것이 아니라 로스차일드의 뜻에 따라 움직인다는 사실을 알고 경악을 금치 못했다. 영국 여왕이나 수상은 꼭두각시이고 대영제국의 실제 지배자는 바로 로스차일드이다. 또한 미국의 진정한 건국자는 바로 프랜시스 베이컨이다. 워싱턴, 프랭클린 등은 로스차일드의 뜻에 따라 움직였을 뿐이다. 이 중에서 특히 경악할 만한 점은 공산주의를 제창한 칼 마르크스가 바로 프리메이슨이란 점이다.

조선의 설계자 정도전은 진정 백성이 주인이 되는 나라를 염원하며 이성계의 힘을 빌려 조선이라는 나라를 세웠다. 주연배우는 이성계이지만 각본·촬영·감독은 정도전이 맡았다. 역사에는 2인자로 기록되어 있지만, 형식적으로 2인자일 뿐 실질적으로는 1인자였다. 대하드라마 '정도전'에서 정도전의 마누라가 "세상 사람들이 이성계는 허수아비이고 진짜 임금은 정도전이라고 합니다."라고 말하는 부분이 있다. 정도전은 술이 한잔 들어가서 거나해지면 "한(漢)나라는 유방이 세운 것이 아니라 장량이 세운 것이야!"라고 말할 정도였다.

백성이 주인이 되는 민본주의 나라를 만들었지만, 정도전도 사람인지라 백성이 주인이 되는 민본주의 나라의 주인이 되고 싶었는지도 모른다. 정도전이 이성계를 이용하여 조선의 실질적 주인이 될 의도로 조선을 설계했는지 아니면 오로지 순수한 마음으로 백성들 모두가 군자가 되고 주인이 되는 나라를 만들어 놓았지는 모르겠지만, 견물생심이랄까 막상 조선을 건국해 놓으니 욕심이 났을 가능성도 있다. 동전의 앞면이 있으면 반드시 뒷면은 있는 법이니까.

이성계 일가를 임금으로 세웠지만 그건 허수아비이고 정도전 일가가 섭정을 하고 싶었는지도 모른다. 아니면 자신은 물러나고 독재가 아닌 민주주의를 하고 싶었는지도 모른다. 어찌 됐든 간에 정도전은 신권정치를 주장했고, 이방원은 왕권정치를 주장했다. 정도전의 논리는 신권이 강해야 왕이 독단적으로 일을 처리하지 못하고 백성 중에 선출된 관리가 공명정대하게 일을 처리하겠다는 뜻이다. 하지만 이방원은 정도전의 논리는 그럴듯하지만 실제로는 신하들이 왕은 꼭두각시로 앉혀 놓고 자기들의 사리사욕을 위해서 국가의 부와 권력을 착취할 가능성이 있을 수 있다고 생각했다. 선량한 벼슬아치라면 별문제가 없겠지만, 악질 탐관오리 벼슬아치라면 상황은 달라진다. 오히려 백성들의 삶이 탐관오리 벼슬아치들에 의해서 더욱 나빠질 것을 예감했다.

그리고 공명정대한 신권정치를 앞세워 정도전 일가가 왕을 꼭두각시로 내세워놓고 정도전이 진짜 임금 노릇을 할 수도 있다.

18살 때 사법고시에 합격한 천재 이방원은 정도전 논리의 행간을 읽고 강력하게 왕권주의를 내세웠다. 그리고 주원장이 그랬던 것처럼 정적들을 정리했다. 이방원은 자기 아버지를 왕위에 올려놓은 정도전을 가차 없이 제거했다. 정도전은 물론이고 개국공신들까지 과감하게 숙청을 감행했다. 또한 민무구·민무질

형제를 비롯하여 세종대왕 처가 식구들까지 왕권에 조금이라도 걸림돌이 될 만한 요소들은 악역을 맡으면서 모조리 다 제거해 버렸다. 그리하여 세종대왕이 태평성대를 펼칠 수 있었고 조선의 역대 임금들은 민본주의를 맘껏 펼칠 수가 있었다.

대한민국 민주주의 사회이다. 하지만 지금 민주주의는 중우정치로 가고 있다는 느낌이 강하다. 기득권 독재로 가고 있다는 강한 인상을 지울 수가 없다. 고(故) 노무현 대통령도 어떤 일을 할 때마다 언론과 일부 세력들이 무조건 반대하며 각종 인신공격을 하였기 때문에 하는 일마다 안 되고 결국에는 실패한 대통령이 되고 말았다.

대한민국은 신권이 너무 강하다. 강력한 대통령 권력이 필요하다. 그래야 진정한 민주주의가 온다.

정도전 vs 이방원

역사 속에서는 늘 라이벌이 등장한다. 서로 도와 힘을 합하여 큰일을 이루어낸다. 하지만 그 이후가 늘 문제다. 바로 서로의 의견대립 때문이다. 옛 역사에서 이런 대립은 예외 없이 나타난다.

조선창립에서 의견대립이 극심했던 경우는 바로 정도전과 이방원이다. 정도전과 이방원은 둘이 힘을 합쳐 부패하고 무능한 고려를 무너뜨리고 모두가 성인군자가 되는 나라인 민본주의 조선을 건국했다.

건국과정에서는 별다른 마찰이 없었다. 그러나 건국 후에 극심한 마찰이 나타났다. 정도전은 모두가 성인군자가 되는 나라인 민본주의 나라 조선을 세계 최강국으로 만들고 싶었다. 몽고의 칭기즈칸 제국에 버금가는 나라를 만들고 싶었다. 그래서 왕권 강화보다는 신권주의를 주장하여 자신이 조선이라는 나라의 국정을 운영하고 싶어했다. 아직은 개국초이기 때문에 명나라한 테 허리를 굽혔지만, 힘을 키워 요동 정벌, 명나라 정벌을 하고 싶어했다. 그리고 끝없이 서역으로 뻗어나 대조선을 건설하고자 했다.

하지만 이성계·이방원의 생각은 달랐다. 일단은 조선은 명에 비하면 소국이었다. 대륙정벌은 무리가 따른다. 그리고 일단 전쟁을 하게 되면 국가재정이 바닥나는 것은 물론 무수한 백성들이 피를 흘리며 죽어가는 참혹한 상황이 될 것이다. 그는 조선에서 강력한 왕권주의에 바탕한 민본주의를 실시하여 백성들이 전쟁 없는 평안한 생활을 하기를 바랐다.

이렇게 의견대립이 극심하게 나타나는 중에 같은 개국공신이지만 서로 정적이 되어 버렸다. 그래서 정도전과 이방원은 호시탐탐 서로를 노리게 되었다.

그러던 중 이방원은 정도전이 술 마시고 있을 때 기습하여 정도전을 제거해 버린다. 그리고 명에 사대하는 조건으로 임진왜란이 일어나기 전까지 300년간 전쟁 없는 조선을 만들었다. 임진왜란·병자호란을 빼면 조선은 아예 전쟁 자체가 없었다.

역사는 승자의 기록이라 정도전을 나쁘게 그렸다. 조선 말기에 홍선대원군이 복권해주기까지는 그는 거의 존재감이 없었다. 하지만 만약에 정도전이 이방원을 제압하고 대륙정벌을 했다면 역사는 어떻게 됐을까? 만약에 실제로 요동과 명을 정벌하고 대조선을 만들었다면 역사의 기록은 과연 어떻게 됐을까? 아마도 정도전은 조선 역사, 한민족의 역사에서 광개토대왕은 저리 가라 할 정도의 정복군주이자 대영웅으로 한국 사람의 머릿속에 기억됐을 것이다.

예를 들면, 고구려 말의 연개소문과 비슷하다. 그는 쿠데타를 일으켜 왕을 폐하고 반대파를 척살한 다음에 고구려를 당나라로 감히 함부로 하지 못하는 강국으로 만들었다. 중국 사서에서는 연개소문을 폭악하게 그렸지만, 한국 역사가는 연개소문을 고구려를 지켜내고 북경에까지 고려영을 세우며 당나라를 꼼짝못 하게 만든 영웅으로 기록하고 있다. 모든 것에는 양면성이라는 게 있는 법이니까…. 평화냐, 전쟁이냐 이것이 문제다.

HERO

2015년 4월 12일 새벽 TV를 켰다. 바로 UFC를 보기 위해서였다. 이 대회는 특별하다. 바로 크로캅이 나오기 때문이다. 메인이벤트 경기가 크로캅 vs 곤자가의 경기. 정말 가슴이 두근두근거렸다.

크로캅은 나에게 격투 영웅이었다. 내 나이 21살 때 프라이드를 보면서 크로캅의 하이킥을 처음 보았다. 그때부터 크로캅은 내 가슴속의 격투 영웅이 되었다. 프라이드 경기에서 크로캅의 하이킥으로 세계 최고 기량의 적들을 KO 할 때마다 내 가슴속에서도 하이킥의 전율이 샘솟았다. 전주스타체육관에서 스파링을 하다가 브라질리안 킥으로 상대편 머리에 하이킥을 적중시켰을 때의 쾌감은 정말로 대단했다. 마치 내가 크로캅이 된 기분이었다.

크로캅은 막강한 실력을 갖춘 타격형 파이터이다. 하지만 정말로 운이 없는 선수이다. K-1에서도 준우승에 머물렀고, 프라이드에서도 역시 준우승에 머물렀다. 2005년 프라이드 헤비급 챔피언전에서 효도르와 붙었을 때 약간 밀리는 경기 진행을 하다가 순간 기회를 봐서 효도르의 머리에 회심의 하이킥을 날렸다. 하지만 효도르의 머리에 빗맞았다. 만약 크로캅의 하이킥이 효도르 머리의 5㎝만 더 아래로 맞았다면 효도르는 바로 실신했을 것이다. 크로캅은 타격은 잘해도 주짓수는 못 하기 때문에 그라운드에서 방어만 하다가 판정패하고 말았다. 정말로 안타까웠다. 그라운드에 깔리기는 했지만, 표도르의 얼음 파운딩을 단 한 대도 맞지 않았다.

UFC로 이적한 뒤에도 케이지에 적응 못 해 경기에 질 때마다 정말 안타깝고 분통이 터졌다. UFC에서 부진한 성적을 거두고 결국 2012년 은퇴선언을 했다. 그러다가 2013년 파이터의 피가 다시 끓어오르기 시작했는지 K-1으로 가서 챔피언에 올랐다. 챔피언에 오른 후 무릎 꿇고 감격에 겨워 울고 있는 크로캅을 보니 정말 10년 묵은 체증이 내려가는 기분과 함께 소원성취 된 기분이 들었다. K-1 입성 16년 만에 챔피언에 오르다니, 크로캅은 정말로 사람 애태우기 좋아하는 거 같다. 선수생활을 3년 정도 하고 챔피언에 오를 것이지 16년 만에야 챔피언에 오르다니 정말로 챔피언 등극에 기나긴 시간이 걸렸다.

크로캅 vs 곤자가 경기를 볼 때 가슴을 졸였다. 나이를 먹었는지 예전의 날렵했던 몸동작이 둔해졌다. 그라운드에 깔릴 때 설마 크로캅이 지면 어떡하나 조마조마하기까지 했다. 힐룩에 걸렸을 때는 가슴이 철렁했다. 탭아웃 칠까 봐 정말로 초조했다. 그런데 다행히 힐룩에서 빠져나오고 3라운드에서 곤자가에게 팔꿈치로 데미지 입힌 다음에 그라운드 상위 포지션에서 팔꿈치 연타를 퍼부으며 곤자가에게 멋진 복수를 했다.

나도 모르게 박수를 쳤다. 내 바람으론 크로캅이 옛날 기량을 되찾아서 UFC 챔피언까지 됐으면 좋겠는데 크로캅의 나이가 나이인지라 현실적으로는 힘들 것 같고 이 경기를 마지막으로 은퇴할 것 같다.

내가 크로캅을 좋아하는 첫 번째로 '그 누구도 나를 꺾을 수 없다.'는 오만함 때문이다. 잘난 체가 아닌 자신의 실력을 뽐내는 모습이 정말로 좋다. 그는 마치 산 속의 야생화와 같다. 장미 같이 최고의 꽃으로 여겨지며 많은 사람들의 관심을 받기보다는 이름없는 산속에서 누구 하나 봐주지도 않고, 어쩌다 등산객들이 산행하다 잠시 봐주지만 그래도 내가 최고로 예쁘다고 뽐내며 활짝 피어있는 그런 존재와도 같다. 챔피언이지만 겸손하기까지 한 효도르보다 크로캅 팬이 더 많다.

두 번째로는 전율의 하이킥이다. 대부분의 선수들이 쓰는 기술은 거기서 거기다. 그 밥에 그 나물이고 이 기술을 이 선수도 저 선수도 하기 때문에 식상하다. 하지만 하이킥은 입식격투기 무대에서 소수의 파이터밖에 할 수 없다. 더구나 종합격투기 무대에서 그렇게 하이킥 한 방으로 경기를 끝낼 수 있는 것은 오직 크로캅밖에 없기 때문이다. 크로캅 경기를 볼 때마다 무슨 판타지 영화를 보는 듯한 착각을 일으킨다. 나도 크로캅의 하이킥을 구사하기 위해서 킥복싱 체육관에서 태권도 킥기술과 함께 연구하고 있다.

크로캅이여 곤자가와의 경기를 마지막으로 은퇴하더라도 내 가슴속에는 크로아티아의 경찰, 하이킥의 제왕, 세계 최고의 스트라이커로서 크로캅은 영원한 나의 격투 우상으로 남아있을 것이다. 격투기 무대에서의 그 불멸의 하이킥은 격투계의 최고의 격투기술로 영원히 자리매김할 것이다.

비록 진정한 검투사 미르코 필로보비치가 은퇴하더라도 격투 팬들의 가슴속에 영원히 잊히지 않는 사람으로 남을 것이다.

스타크래프트

내가 중3 때부터 지금 31살까지 즐겨 하는 게임이 있다. 바로 스타크래프트이다. 98년에 나온 게임인데 2000년에 친구집에 공부하러 갔다가 스타크래프트를 배우면서 스타크래프트를 처음 접하게 되었다.

처음에는 아무것도 모르고 프로토스로 시작했다. 전략집을 보고 게임을 해야 하는데 그냥 무턱대고 하다 보니 게임을 하면 맨날 진다. 프로토스로 하다가 테란에 흥미를 느껴 주종족은 테란이다. 아무래도 인류 수호를 위해서 테란에만 매진하고 있다.

스타 전략을 몰라서 그런지 맨날 게임 하면 패하기만 한다. 대규모 병력으로 일시에 몰아쳐서 상대방 진영을 초토화해야 하는데 소규모 병력으로 게릴라 전술을 펼치다 보니 경상은 입혀도 치명상은 못 입힌다.

그래도 재미있다. 오히려 이기는 것보다 지는 게 더 재미있는 거 같다. 옛날 이순신 장군이 장기를 두며 전략을 연구했고, 사업가들이 바둑을 두며 사업전략을 연구하듯이 나도 스타크래프트를 하며 사업전략을 연구하고 배우고 있다.

오락은 초등학교 2학년 때 마을 오락실에서 처음 시작했다. 중학교 때부터는 컴퓨터로 게임을 했다. 중2 때 '충무공전'이라는 게임시디를 빌려 전략시뮬레이션 게임을 했는데 10시간을 쉬지 않고 다이렉트로 했다. 게임할 때에는 시간 가는 줄을 모르겠다.

그중에서 가장 재미있고 의미가 깊었던 게임은 바로 중2 겨울에 서점에서 사서 했던 '삼국통일—대륙을 꿈꾸며'이다. 삼국시대를 배경으로 미션에 맞추어 게임을 수행하여 삼국통일을 하는 게임이었다. 내 생각엔 가장 완벽한 게임이었다. 재미도 있었지만, 게임을 하며 삼한에 대한 이해와 관심이 한층 성장했고, 애국심까지 생겼다.

내 현재 직업은 수필 작가이지만 또 하나의 꿈이 있는데 바로 시나리오 작가이다. 게임 시나리오를 써보고 싶다. 구상하고 있는 것은 독립군 게임이다. 요즘 학생들이 역사에 대한 이해가 부족한 편이다. 삼일운동 자체를 모르는 경우도 있고, 한국전쟁이 언제 발발했는지도 모르는 경우도 허다하다.

특히 한반도에서 독립운동 한 것은 국사책에서 배워서 어느 정도는 알아도 만주벌판에서 독립군들이 독립운동 한 것은 잘 알려지지 않은 편이다. 그래서 만주 독립군이 일본군들을 무찌르며 활약하고 한반도까지 진군하여 우리나라 힘으로 한국의 독립을 이끌어낸다는 내용의 게임을 만들고 싶다.

여기에 더불어 1909년 일본이 청나라와 간도조약을 맺을 때 일본이 간도 지배를 해서 간도가 우리 땅으로 편입된 이후에 광복군이 일제 제국주의군을 물리치고 한반도는 물론 간도까지 우리나라 영토로 만든다는 것을 덧붙이고 싶다. 혹시 현재와 같이 남북한이 갈라져 있는 상황을 고려한다면 한반도는 대한민국이라는 나라가 들어서고 간도는 사회주의 국가가 들어서는 상황도 가정해 볼 수 있겠다.

게임 시나리오를 쓰려면 일단 수필작가로 성공하여 막대한 돈을 벌어야 한다. 현재는 글쓰기 공부도 하고 돈도 모으고 있다. 시나리오 작가를 꿈꾸며….

민족주의는
국가정체성이다

올해 2015년은 건국 70주년이다. 이에 더불어 올해에 남북통일의 가능성까지 떠오르고 있는 중이다. 이쯤에서 부쩍 드는 생각이 있다. 대체 대한민국이란 무엇일까?

요즘에 다민족주의가 열풍이다. 다민족주의는 무조건 선, 민족주의는 무조건 악 이렇게 이분법으로 만들어놓고 일부에서 무조건적인 반민족주의 외침을 계속하고 있다.

현재 다민족주의의 광풍이 거세게 불고 있어도 언어만 보지 말고 언어 속에 숨은 본뜻을 봐야 한다. 악마는 각론 속에 숨어 있는 법이다. 일상생활에서도 똑같다. 사물의 겉만 보지 말고, 겉과 속을 다 볼 줄 알아야 한다. 예를 들어 연애를 할 때에도 그렇다. 남자가 꽃다발을 들고 여자한테 고백할 때 진짜로 여자를 사랑해서 프로포즈를 하는 것인지 아니면 단순히 잠자리를 위해서 아첨을 하는 것인지 정확히 구분해야 한다. 여러 민족이 다같이 어울려 산다는 다민족주의의 착한 명분 뒤에는 '국가 개별성 파괴'라는 무시무시한 의도가 숨어있다. 마치 공산주의와 같다.

공산주의는 프리메이슨 칼 마르크스가 만들었다. 프리메이슨은 자신들의 세계 정복을 위해서 항상 두 개의 세력을 만드는 계획에 따라 자본주의 외에 공산주의라는 또 하나의 체제를 준비했다. 따라서 공산주의는 프리메이슨의 조종에 따라 세워졌고, 공산주의의 평등·자유사상은 프리메이슨의 이념인 평등, 박애, 자유에서 따온 것이다.

현재의 다민족주의는 반민족주의에 가깝다. 민족의 정체성을 없애고 모두가 잡탕이 되자는 주의이다. 진정한 다민족주의는 각 민족들이 정체성을 지키며 서로의 민족성을 존중하고 차이를 이해하며 받아들이면서 비빔밥처럼 조화를 이루어내는 것이다. 절대 반민족주의가 아니다.

요즘 회자되고 있는 다민족주의는 진짜 다민족주의가 아니다. 다민족주의를 내세우면서 은근슬쩍 혼혈을 강조하고 있다. 하지만 이렇게 혼혈을 하면 개별국가의 정체성과 민족성은 파괴되어 사라진다.

프리메이슨 계획 중에 '개별국가의 파괴'가 있다. 그다음에 NWO에 따라 전 세계의 모든 나라가 주권 등을 다 없애고 그 위에 설립하는 공동의 정부 즉, 세계 정부(世界政府, 영어로는 world government)를 세우려는 흑심을 품고 있다.

그러기 위해서는 다민족주의를 가장한 혼혈을 통해서 개별국가의 국가성과 민족성을 없애야 한다. 여기에 가장 큰 걸림돌은 바로 민족주의이다. 그렇기 때문에 민족주의를 악, 다민족주의(혼혈)을 선으로 포장해 마녀사냥을 하고 있다. 국가주권과 민족주의는 '세계정부' 이념과는 언제나 '숙적지간'이다

우리 민족은 지금까지 그 어떤 민족한테 동화되지 않고 살아 남았다. 대한민국이 5,000년 동안 국가를 유지하며 정체성을 유지해 온 것 자체가 기적이다. 머나먼 티베트는 물론이고 중국을 지배했던 흉노, 돌궐 등 전부 중화에 동화되었다. 하지만 중국에 가장 가까이 있는 대한민국은 중국에 동화되지 않았다. 세계 역사학자들은 이 점을 의아하게 생각하며 아이러니하게 여긴다.

국가 정체성은 바로 민족주의에 기반을 두고 있다. 민족주의를 지켜내느냐 안 지켜내느냐에 따라서 국가의 생존 여부가 결정된다. 민족주의를 통해서 내 민족과 내 국가 그리고 우리 모두를 지켜내야 한다. 소수가 다수를 지배하는 공산주의, 세계 정부 체제가 아니라 모두가 공평하게 사는 천하위공 말이다.

착하지 않게 살기
一 義

난 착하지 않은 사람이다. 그리고 이타적이지 않은 이기적인 사람이다. 한마디로 말해서 겨가 많이 묻은 사람이다. 하지만 똥은 묻지 않았다.

대한민국에 정의를 외치는 종류의 인간들이 있다. 이들은 자기 자신을 선하고 착한 사람이라고 생각하며 사회 약자를 위하는 척하면서 돈 가진 사람들을 비판하며 정의로운 사회를 만들고자 한다. 하지만 이들의 정의는 허울뿐인 가짜 정의일 뿐 진짜 정의는 아니다.

난 선도 좋고 악도 좋다. 단 양아치를 싫어한다. 양아치는 즉 위선자를 뜻한다. 양아치란 겉으로는 온갖 착한 척은 다해 놓고서는 실지로는 공익은 생각하지 않고 자기 자신의 이익만 추구하는 사람을 일컫는다.

예를 들어 어느 정의단체에서 혼전순결을 강조하며 '깨끗한 사랑'을 강하게 외치며 요즘의 성문화를 강하게 비판한다. 하지만 이런 '깨끗한 사랑'을 외치는 사람이 실제로 '깨끗한 사랑'을 하느냐 그건 절대 아니다.

요즘에 금연 바람이 불고 있다. 대마초보다 더 해로우니까 정부에서 강력한 금연정책을 펴고 있다. 담배를 피우는 많은 사람들이 담배를 끊고 싶어도 못 끊는 이유는 바로 흡연 욕구를 의지만으로는 억제하기 힘들기 때문이다. 사람 몸에는 성적 욕구가 있다. 남자의 경우 여자를 만지고 싶은 욕구가 있다. 그런데 의지만으로 여성 몸에 손대지 않는 일은 거의 불가능하다.

마찬가지로 '깨끗한 사랑'을 외치는 이들도 겉 이미지상으로는 혼전순결을 외치고 있지만 실제로는 여성을 음흉하게 대한다. 정(正)이 있으면 반(反)이 있는 법이다. 빛이 강하면 그 그림자도 짙듯이 순결을 지나치게 강조할수록 그에 대한 반(反)으로 음란함을 더욱 더 생각한다. 좀 더 자세히 설명하자면 고등학교 물리 시간에 물리 제3법칙으로 작용-반작용 법칙을 배웠을 것이다. 작용이 강할수록 그에 대한 반작용도 더욱 더 거세지는 법이다. 순결을 지나치게 강조할수록 그에 대한 음란함도 더욱 더 강해진다.

내 친구 중에 교회 기독교 청년부장이 한 명 있다. 겉으로는 사회정의를 외치며 착하게 살자고 외치고 있다. 그런데 그에 대한 반작용으로 약혼한 여자친구가 있는데도 불구하고 풀싸롱 가서 여자랑 껴안고 술 마시고 팁까지 팍팍 준다. 친구들한테 절대로 돈은 빌려주지도 않으면서 말이다.

진정으로 의로운 사람은 바로 착하지 않은 사람이다. '행복한 이기주의자'의 뜻과도 비슷하다. 진정한 義란 입으로만 떠들어대는 정의가 아니라 자기 자신의 이익을 희생하여 모두의 공공의 이익을 위하는 정의가 진짜 정의이다.

진리

진리에는 논리적인 진리, 인식의 진리, 존재론적 진리, 초월적인 진리, 윤리적인 진리가 있는데 난 인식의 진리를 가장 좋아한다. 왜냐하면 내 삶에서 특히 연애할 때 인식의 진리를 확실히 경험하고 체험해서 증명했기 때문이다. 진리의 반대말은 '거짓'인데 이는 말과 그 말이 나타낸 것이 일치하지 않는 것이다. 난 거짓이 제일 싫고, 거짓말하는 위선자를 싫어한다.

사람은 누구나 저마다의 안경을 끼고 세상을 본다. 검은 안경을 끼고 보면 온 세상이 까맣게 보이고 파란 안경을 끼고 보면 온 세상이 파랗게 보인다. 수많은 이론과 인식 중에서 자기가 믿고 싶은 안경을 끼고서 말이다. 그 이유는 세상의 본 모습을 맨눈으로 보기에는 다소 난해하고 공감을 얻기가 쉽지 않기 때문이다.

하지만 이론과 지식의 틀에 맞추어서 세상을 보면 세상의 본

모습을 보기가 쉽지 않다. 이론과 지식은 다른 누군가가 만들어 놓은 것이다. 상대적이지 절대적이지는 않다. 대부분의 경우 진실 그 자체를 말하는 경우보다는 자기들의 이익에 맞게 설정해 놓은 경우도 허다하다.

이론을 너무 중시하다 보면 자칫하면 아집에 빠질 수가 있다. 한 번 아집에 빠지면 아무것도 받아들일 수가 없다. 자신의 생각 이외는 그 모두가 틀린 것이다.

다독을 하라는 소리가 있고, 다독은 위험한 것이라고 말하는 사람도 있다. 책을 읽는 것은 좋다. 책을 읽을 때 책을 참고하여 자신의 생각을 발전시켜야지 책에 나와있는 내용을 무조건 수용해서는 안 된다. 그것은 로봇(주체적으로 행동하지 못하고 남의 지시대로 움직이는 사람을 비유적으로 이르는 말)이다.

흔히 초중고 교육을 붕어빵 교육이라고 한다. 사람을 각자의 다양한 개성을 살리기보다는 붕어빵처럼 모두가 똑같은 모습으로 만들기 때문이다. 그리고 틀에 맞지 않는 사람을 이상하다고 치부한다. 이론과 틀을 너무 중시하다 보니 현실과의 괴리를 경험하게 된다.

이론상으로는 훌륭해도 실제로는 별로 쓸모없는 경우가 허다하다. 경제학을 예로 들자면 이렇다. 경제는 한마디로 돈에 관한 학문이다. 돈이 어떻게 생성되어 어떻게 흘러가는지 돈에 관한 모든 것을 배운다. 하지만 경제학 이론을 아무리 잘해서 박사학

위를 딴다고 해도 실제로 돈을 벌지는 못한다.

이론을 머릿속으로만 주입해서는 그것은 단순한 글자조합에 불과하다. 이론을 현실에 적용해서 증명해야 산지식이 되는 것이다. 글 쓰는 것을 예로 들면 국어국문학과를 나온다고 글을 잘 쓰고 작가가 되는 건 아니다. 국어국문학과는 문학 교사를 키우는 곳이지 절대 작가를 키우는 곳이 아니다. 문학 교사에게 글쓰기를 배우는 것은 마치 석공한테 조각을 배우는 것과 같다. 바로 이런 점의 한계 때문에 문예창작학과가 탄생한 것이다. 문예창작학과 교수는 모두 작가 출신이다.

진리란 책 속에 존재하는 것이 아니라 현실에 존재하는 것이다. 책은 진리를 나타내는 도구에 불과할 뿐이다. 현실에서 다양한 경험을 통해서 삶 속의 깨달음을 통해서 터득해야만 그것이 진짜 진리이다. 수영을 배우고 싶다면 수영 교본만 봐서는 안된다. 수영 교본을 통해서 이론을 익혔으면 직접 물속에 뛰어들어 물장구를 치면서 수영을 어떻게 하는지 스스로 터득해야만 한다.

현 대한민국의 교육이 단순히 수영 교본을 보고 수영을 익히는 주입식 교육이어서 문제가 된다. 수영 지식은 알아도 실제로 수영을 어떻게 하는지는 모르기 때문이다. 앞으로의 교육은 주입식 교육이 아니라 창의적 교육이 되어야 한다. 죽은 지식이 아닌 산지식, 즉 진리를 터득하여 실제 삶에서 써먹을 수 있는 실질적인 지식을 익혀야 한다.

대통령 권력
─ 박근혜 대통령과 RO조직

2015년 청양의 해. 대한민국은 완전한 민주주의의 나라이다. 민주주의의 뜻은 '주권이 국민에게 있으며 국민에 의해 정치를 행하는 주의'이다. 하지만 현재 우리가 하는 민주주의는 옛 그리스 폴리스 국가처럼 '직접 민주주의'가 아닌 '대의 민주주의'이다.

'대의 민주주의'의 가장 큰 단점은 바로 간접 민주주의라는 것이다. 국민들의 뜻에 따라 선출된 정치인일지라도 국민들의 뜻이 아니라 특정한 세력의 뜻에 따라 움직일 수 있다는 것이다. 한×× 신문에 '박원순 시장은 사퇴하라'는 글이 실린 걸 보고 섬뜩했다. 같은 좌파끼리도 단지 내 뜻대로 움직이지 않는다고 비수를 던지고, 특정한 세력이 국민의 표로 선출된 고위직 정치인을 함부로 물러나라 마라 하는지 정말 이해할 수가 없었다.

마치 'RO조직'이 전 대한민국을 장악하는 공포를 느끼기까지

했다. 현 대한민국은 온갖 불법집회·시위로 몸살을 앓고 있다. 걸 핏하면 대통령 물러나라느니, 정권심판이니 사소한 것 하나까지 확대 해석하여 트집을 잡아 국정운영을 방해하고 있다.

얼마 전 'RO조직' 사건이 터졌다. 대한민국을 전복하려는 시도를 하려다가 발각되어 처벌을 받은 사건 말이다. 이렇게 대한민국 사회를 분열시키고 혼란을 일으키는 시도 뒤에는 한총련(RO조직)이 있다.

만약 대한민국의 불법집회·시위의 뜻대로 대통령이 실제로 물러나면 대한민국은 국민들의 것이 아닌 RO조직의 수중에 떨어지게 되는 것이다.

대통령은 국민들의 선거에 의해서 국민들의 뜻에 따라 선출되어 국민들의 뜻에 부합하게 국정수행을 하고 있다. 자본주의와 민주주의 반대세력인 한총련은 대한민국을 북한과 같은 모두가 잘먹고 잘사는 공산주의 세상을 만들고 싶어한다. 온 세상을 빨간색으로 물들이고 싶어한다. 하지만 한총련은 선거에 출마해봤자 국민들 그 누구 하나 표를 주지 않는다.

그래서 비정상적인 방법으로 대통령과 정부가 하는 일에 정의를 명분 삼아 무조건 반대한다. 한총련의 뜻에 조금이라도 어긋나면 대통령을 독재자라고 비난하며 쇠파이프를 들고 불법집회를 한다. 정권을 심판한다느니, 대통령 퇴진을 요구한다.

만약에 한총련의 요구대로 실제로 대통령이 물러나고, 새로운 대통령이 들어서고, 또 대통령이 바뀌고 하면 대한민국은 파멸하고 만다.

난 대통령이다. 하지만 일을 수행할 때 무조건 한총련·RO조직의 눈치를 봐야 한다. 이렇다고 하면 말로는 대통령이지만 RO조직의 꼭두각시에 불과하다. 무조건 RO조직이 시키는 대로 해야 한다. 만약 그렇게 하지 않으면 대통령직에서 물러나야 하기 때문이다. 007 영화 '퀀텀 오브 솔러스'의 한 장면을 보는 듯하다. 옛날 고려 시대에 무인들이 왕을 겁박하여 국정을 농단하는 것과 마찬가지이다. 마치 세계 최강국이 미국이고 미국 대통령은 미국인이지만 실제로 미국과 미국대통령을 움직이는 것은 바로 유태인·프리메이슨들인 것과 같다. 링컨·케네디 대통령도 유태인·프리메이슨의 뜻에 반대되는 행동을 하다가 암살당했다.

나치즘과 공산주의, 서로 반대되는 듯이 보이지만 극과 극은 통하는 법이다. 궁극적인 귀결점은 바로 전체주의이다. 프리메이슨이 전 지구의 인류를 지배하는 세계정부 개념과 일맥상통한다. 사회주의 이론을 만든 마르크스가 바로 프리메이슨이었다. 공산주의의 최종점은 천하위공의 세계가 아니라 바로 전체주의 사회이다. 북한과 같이 말이다.

NWO, 즉 프리메이슨이 세계정부를 세워 전 인류를 노예로 만드는 계획은 북한에 대입해 보면 딱 맞다. 인류 마지막 남은 공산주의 국가 북한과 프리메이슨의 세계정부 계획 NWO. 북한은 공산당원(주석과 추종자들)이 세계정부에서는 프리메이슨이 특수계급으로 군림하며 모든 부를 독점하며 나머지 사람들은 노예로 만들어 버리는 사회. 영화에서도 이런 전체주의를 비판하는 영화가 나왔다. '이퀼리브리엄'과 '데몰리션맨'이다. 정의라는 미명하에 사람들을 통제하려는 사악한 의도를 응징하는 영화 말이다.

난 전체주의 사회가 아니라 인간적인 사회를 원한다. 모두가 평등한 세상 말이다. 그러기 위해서는 대한민국 사회에서 한총련 주사파 종북단체, 즉 RO조직을 파멸시켜야만 한다.

현 대한민국 정치판은 너무 결벽증적이다. 장관이 일을 할 때도, 대통령이 국정수행을 할 때도 일을 하다가 조금만 잘못하면 장관직에서 사퇴하거나 정권 퇴진론을 거론한다. 사람이 일을 하다가 항상 잘할 수만은 없다. 잘할 때도 있고, 못할 때도 있는 법이다. 일을 하다가 중간에 물러나고 다른 사람이 그 일을 하면 정책 혼선을 빚어냄과 동시에 국정운영이 엉망이 된다. 예를 들어, 교육부장관이 일을 하다가 조금만 잘못하여 물러나고 다른 사람이 교육부장관을 하면 그 피해는 고스란히 학생들 몫으로 돌아간다. 도무지 갈피를 잡을 수 없기 때문이다.

대통령직이나 장관직이나 임기는 고작해야 3~5년밖에 안 된다. 그 기간만이라도 충실히 일을 하고 만약 잘못한 점이 있으면 사후에 강제노역을 시키든, 벌금을 물리든 책임을 물어야 한다. '사후책임제' 제도가 필요하다. 그리고 현행 대통령 5년 단임제

이것도 잘못됐다. 5년 중임제를 실시해야 한다. 그러면 어떤 일을 할 때 추진력을 가지고 일처리를 확실하게 한다. 그래야 국민들 모두가 잘살 수 있다.

대한민국

난 대한민국을 좋아한다. 중국인이나 미국인이 아닌 대한민국 사람으로 태어난 것에 대해서 하늘에 감사한다. 이렇게 좋은 나라에 태어날 수 있던 것에 대해서 하늘에 감사한다.

대한민국이 좋은 이유는 무수히 많지만, 그중에 대표적인 것이 자연환경이다. 옛날부터 금수강산이라고 불릴 만큼 자연환경이 수려했으며, 깨끗하고 사계절이 뚜렷하며 특히 땅이 좋다. 그래서 먹거리는 우리나라 것이 제일 좋다. 땅도 좋고 한국 여자들도 정말 예쁘다. 몽골은 이런 대한민국을 '솔롱고스의 나라' 한국 말로 '무지개의 나라'라고 부른다.

그중에서 대한민국이 제일 좋은 이유는 바로 대한민국(사람)의 저력 때문이다. 한국전쟁이 끝난 이후 우리나라는 전쟁의 잿더미였다. GDP가 에티오피아 다음으로 꼴지에서 세계 2위였다.

2014년 12월 27일 인터넷 뉴스를 검색하다 '한국의 경제 규모가 16년 뒤 독일 바로 아래인 세계 8위 수준에 도달할 것이라고 영국 싱크탱크인 경제경영연구센터(CEBR)가 26일(현지시간) 밝혔다는 기사를 보았다. CEBR은 세계경제전망 보고서를 내고 한국이 꾸준한 경제 성장을 이뤄 국내총생산(GDP) 규모 측면에서 이 같은 유력 경제국이 될 것이라고 예상했다. 놀라운 내용이었다.

이 기사를 보고 정말 말이 안 된다고 생각했다. 한국경제 발전은 정말 말이 안 된다. 2007년 경제학 수업을 들으면서 한국경제 발전사를 연구한 적이 있는데 도무지 상식적으로 이해가 안되는 게 한두 가지가 아니었다. 아니 이건 말이 안 되는 게 아니라 기적이라고 표현할 수밖에 없다.

'라인강의 기적'이라 불리는 독일의 경제발전, 일본의 경제발전 이건 상식적으로 말이 된다. 제2차 세계대전으로 패망한 독일, 일본이 전쟁폐허 속에서 다시 경제재건을 한 건 당연한 결과이다.

독일과 일본은 그 당시에 세계를 상대로 전쟁을 할 만큼 공업이 발달했고, 공장도 많이 있었다. 또한 엄청난 공업기술을 이끈 다수의 인재들이 있었다. 전쟁으로 폐허가 됐다고 하더라도 다수의 인재들의 머릿속에 든 지식과 손에 익은 기술은 그대로였고 공장이 수리되는 대로 다시 재가동하여 우수한 물건을 만들어 낼 수 있었다. 그리고 식민지에서 수탈한 약자까지 수두룩했다. 서독 같은 경우는 '마셜 계획'이라 하여 미국의 엄청난 원조까지 받았다. 이런 상황에서 경제발전을 이루어낼 수 있었다.

그러나 우리나라의 일제시대 공장은 군수공장이 대부분이었고 일본인들이 한국 사람에게 중요한 기술은 가르쳐 주지 않고, 단순노동만 시켰다. 전쟁이 끝나고 많은 공장들이 있었어도 이를 다룰 줄 아는 기술자가 없어 놀려두는 경우가 대부분이었다. 그리고 아무것도 가진 게 없었다. 대한민국이 6.25의 잿더미 속에서 마치 무에서 유를 창조하듯 경제를 선진국 반열에 올려놓은 것은 기적이라고 밖에 말할 길이 없다.

2004년 미국의 한 역사학자는 한국을 러시아, 중국, 일본, 미국이라는 네 마리의 코끼리에 둘러싸인 호랑이 형국이라고 말했다. 대한민국이 만약 남아프리카 공화국 자리에 있었다면 아프리카는 물론 유럽에까지 영향력을 행사하며 세계의 중심국으로 살아갔을 것이다. 하지만 지금 대한민국의 지정학적 위치는 너무 안 좋다. 아무리 힘을 쓰려고 해도 세계 극강의 강대국들에 둘러싸여 제대로 힘을 쓸 수가 없다.

대한민국 남한 면적은 10만 제곱킬로미터밖에 안된다. 영토가 중국의 100분의 1밖에 안 된다. 중국은 G2 국가로 몇십 년 뒤에는 미국을 제치고 세계 1위의 국가가 된다고 한다. 하지만 대한민국 사람은 중국을 '짱깨'라 불리며 깔보고 있으며 마찬가지로 세계 제3위의 경제대국이며 세계 경제를 주무르는 일본을 '쪽바리'라 부르며 비하하고 있다. 지구상에서 가장 큰 면적을 가진 러시아의 푸틴 대통령은 우리 사할린 천연가스는 유럽의 천연가스보다 무려 40%나 싼데 왜 우릴 것 안 쓰나며 러시아 천연가스를 사달라고 조르고 있다. 미국에는 한국전쟁 때 도움도 받고 원조도 받은 적이 있기 때문에 아직 까불지는 못하고 있지만 말이다.

대한민국이 호랑이가 되어 세계를 호령하고 싶다면 일단은 무엇보다도 남북통일이 되어야 한다. 세계의 학자들은 대한민국이 통일만 된다면 2050년쯤에는 실질 GDP가 세계 1위가 된다고 한다.

반쪽짜리 한국의 힘으로는 많이 어렵다. 남과 북이 하나 되어 통일 한국이 되어야만 한민족의 힘을 십분 발휘할 수가 있다. 통일의 과정이 힘들도 많은 비용이 들어간다고 해도 무조건 해야만 한다.

통일된 대한민국을 꿈꾸며, 세계를 호령할 통일 한국을 꿈꾸며…

클레오파트라

옛날 역사 중에 '세기의 미인'으로 기록된 여인이 있다. 바로 당대 세계 최고의 권력자를 유혹하여 세상을 자기 뜻대로 지배한 클레오파트라이다. 알려진 바로는 미인계를 썼다고 하지만 역사상 기록으로 보면 클레오파트라가 예쁜 건 사실이지만, 그렇게까지 예쁘지는 않았다고 한다.

그 당시에 클레오파트라보다 훨씬 어리고 예쁜 여인들이 수두룩했을 것이다. 그리고 그 여인들은 권력자를 유혹하여 자기 뜻대로 세상을 경영하려고 했을 것이다. 하지만 당대의 권력자는 그런 여인들이 아니라 유독 클레오파트라한테 빠져서 사족을 못 썼다. 아마도 클레오파트라는 겉만 번듯한 미인이 아니라 겉과 속을 제대로 갖춘 진정한 미인이었을 것이다.

일반 미인이 우유나 콜라 같은 미인이었다면 클레오파트라는 와인 같은 여자였을 것이다. 중1 가장 교과서에는 '한계효용의 법칙'에 대해서 나온다. 갈증이 난 상태에서 처음 우유 한 잔을 마시면 달콤하다. 두 잔을 마시면 그 달콤한 만족감은 감소한다. 이렇게 계속 마시면 나중에는 우유를 마시고 싶지 않은 정도에까지 이른다.

이런 일시적인 쾌감이 아니라 와인 같은 깊고도 오래가는 쾌감을 클레오파트라는 권력자에게 선사했다. 그러니 권력자들이 클레오파트라의 유혹에 빠져 헤어 나오지 못할 수밖에 없었다. 또한 클레오파트라는 권력자에게 편안함을 느끼게 했다.

권력자는 고독하다. 권력자 주위에는 늘 사람들이 많지만은 진정으로 권력자를 좋아하는 게 아니라 권력자가 가진 권위를 좋아하는 경우가 대부분이다. 이런 권력자에게 클레오파트라는 권력자를 진심으로 사랑하여 외로움을 달래주는 동시에 진정한 인간애를 선사했다.

권력자는 불안하다. 권력의 정상에 있지만 언제 떨어질지 몰라 늘 긴장감 속에 산다. 이런 권력자에게 뛰어난 지성과 깊은 감수성으로 불안을 해소하고 잘 위로해주었다.

또한 클레오파트라는 진정한 욕구를 채워줬다. 단순한 성기적 욕구가 아닌 진정한 성적 욕구를 채워줬을 것이다. 많은 미인들이 겉으로 드러난 미모로 상대방을 성기적으로 충족시켰다면 클레오파트라는 겉으로 드러난 미모로 상대방을 성기적으로 충족시킴과 동시에 풍부한 감수성으로 마음까지 성적으로 충족시켰다. 무엇인가 변치 않는 미모로 유혹했을 것이다. 한마디로 겉만 예쁘기보다는 겉과 속이 모두 예쁜 진짜 미인이었을 것이라는 얘기다. 그녀와 권력자는 그냥 연애가 아닌 진정한 연애를 했다.

현 대한민국은 '섹스 문화'가 판치고 있다. 하지만 안타까운 점은 '섹스 문화'가 너무 섹스, 즉 성기적 욕구에만 초점이 맞추어져 있다는 것이다. 성을 빙산에 비유하자면 성기적 욕구는 해면 위에 나타난 빙산의 일각에 불과하다. 해면 밑에 숨어있는 성적 욕구는 도외시하니 안타깝기만 하다. 성적 욕구와 함께 성기적 욕구를 채우는 게 '진정한 섹스 문화'인데도 말이다.

겉만 예쁜 미인은 진짜 미인이 아니다. 그렇다고 속만 예쁜 여자도 미인이 아니다. 겉과 속이 모두 예쁜 여자가 진정한 진짜 미인이다.

나도 결혼할 나이에 이르니 어떤 여자가 좋을까 하는 생각이 늘 머릿속에 맴돈다. 난 미인하고 결혼하고 싶다. 하지만 얼굴만 예쁘고 백수인 여자는 싫다.

이런 일화가 있다. 독설가 버나드 쇼한테 어느 모델이 '당신의 똑똑한 머리와 나의 얼굴이 결합한다면 환상의 조합을 가진 아이가 태어날 것이다.'라며 청혼을 했다. 하지만 버나드 쇼는 '너의 멍청한 머리와 나의 못생긴 얼굴이 결합한다면 최악의 조합의 아이가 태어날 것이다.'라며 청혼을 거절했다고 한다. 얼굴은 약간 예뻐도 재주를 가진 여자가 좋다. 그리고 얼굴도 예쁘고, 몸매가 좋은 여자가 좋다. 특히 피부가 예쁜 여자가 너무 좋다.

그런데 무엇보다도 나와 타입이 맞는 여자가 좋겠다. 성격·취향이 맞아야겠고, 예쁜 척(공주병 안 걸리고) 안 하고, 내가 뭘 잘못했냐 이렇게 따지는 여자만 아니면 좋겠다. 또한 궁합이 맞는 여자가 좋겠다. 무조건 외모만 보고 결혼했다가 3년 살다가 이혼해버릴 거면 차라리 혼자 사는 게 낫다.

다소 말이 안 되는 이야기지만 궁합을 보다가 스타 궁합을 해본 적이 있다. 어느 걸그룹 멤버와 궁합이 무려 98점이나 나왔다. 일단 스타 작가가 된 다음에 기회가 된다면 그 걸그룹 멤버한테 청혼을 하여 결혼하고 싶다. 가수는 오래하지 못한다. 하지만 작가한테는 은퇴라는 게 없다. 작가는 죽을 때까지 해먹을 수 있는 직업이다. 가수생활 정리하면 나한테 와라. 그리고 같이 수필 작품 활동을 하자. 이렇게 작업을 걸 것이다.

일단 그날을 기약하며 지금도 열심히 죽을힘을 다해 글을 쓰고 있다. 일단 성공부터 해야 하니까.

빨갱이의 정의

얼마 전 『정의란 무엇인가』란 책이 대유행을 한 적이 있었다. 대한민국에서도 일부 사람들이 그 책을 읽고 정의에 대해서 깊은 생각을 하게 됐다. 이 중에는 진짜로 정의로운 사람도 있지만, 가짜로 정의로운 사람도 있다. 가짜로 정의로운 사람들 중에 특히 대표적인 게 최근 인기를 끌고 있는 C○○ 강사와 S××이다.

유투브에서 C○○ 강의를 들어보니 대한민국 정부에서는 사회복지비를 높여야 한다고 말한다. 정부에서 복지비를 늘리지 않기 때문에 아픈 사람들이 제대로 치료받지 못하고 사랑의 리퀘스트에 나와서 사람들의 도움을 기다리고 있다고 비아냥거리며 정부를 욕한다.

벌금제도도 고쳐야 한다고 한다. 재벌이 교통법규를 위반해서 5만 원 벌금을 내면은 재벌한테는 껌값이기 때문에 또 잘못을 저지르니 재벌이 이런 잘못을 하면 벌금 500만 원을 매겨 다시는 잘못을 저지르지 못하게 해야 한다고 한다. 이렇게 사회정의를 부르짖고 있다. 그러면서 또 다른 강의에서는 여자의 마음을 얻기 위해서 꽃 2천 송이를 선물했다고 말한다.

C○○은 입으로는 사회정의를 나불대지만 정작 자신은 복지단체에 단 1원도 기부를 안 한다. 지금 대한민국에 돈이 없어 끼니를 때우지 못하는 사람이 허다하다. 꽃 2천 송이 살 돈으로 기부를 하면 밥을 굶고 있는 사람 수백 명을 먹여 살릴 수 있다. 하지만 절대 남한테 돈을 기부하지는 않는다. 왜냐하면 자신의 이익이 중요하기 때문이다. 여자의 마음을 얻어 껴안고 놀기 위해서 수백 수천만 원을 펑펑 써대지만, 공공의 이익에는 전혀 관심 없다.

S××도 마찬가지이다. 그는 시상식에서 감동적인 연설을 한 적 있다. "제가 이 프로에서 한 일은 1%밖에 없고 나머지 99%는 모두 스태프들 덕분입니다." 정말로 착한 사람이다. 그런데 입으로만 착할 뿐이다. 자기가 한 일이 1%밖에 없다면서 그 프로에서 생긴 수익 중에서 자신은 1%만 가지고 나머지 스태프들한테 99%는 돌려주어야 한다. 그런데 1수익의 대부분을 자신이 다 가져가면서 스태프들한테는 1원짜리 하나 주지 않는다.

내 과 친구 중에 독실한 기독교인이 한 명 있다. 좌파 C○○처럼 정의롭고 착한 인간이다. 열렬한 기독교인이기 때문에 직장도 기독교 기업으로 갔다. 이 친구는 매우 착하다. 밥 먹을 때도 하나님께 기도하고 먹고 기독교 교리대로 착하게 살기를 희망한다. 전주 모 교회 청년부장이다. 내가 기분 상한 일이 있어 친구한테 문자로 욕을 한 적이 있다. 그러자 나한테 전화를 걸어 마치 범죄자 취급하듯이 잘못을 했으니 진심으로 사과하라고 강요했다. 안 그러면 친구 사이는 끝이다라고 말이다. 그리고 카톡으로 대화할 때 학교 선배 이름을 그냥 부르니 왜 선배 이름을 함부로 부르고 반말하냐며 꾸짖었다. 그리고 박근혜 대통령을 싫어한다. 독재자의 딸이기 때문에 나쁜 사람이라고 한다. 정말로 착한 기독교인이고, 정의로운 사람이다.

하지만 이렇게 착한 녀석이 공익에는 전혀 관심 없고 사사로운 이익만 챙긴다. 남한테는 절대 돈도 안 빌려주고 복지단체에 기부도 전혀 안 한다. 그리고 친구들하고 술자리하고 2차로 성매매 업소를 갔다. 혼자 몸이 아니라 약혼한 여자친구가 있는데도 불구하고 풀 싸롱 가서 여자랑 껴안고 술 마시며 놀았다.

입으로는 온갖 착한 소리를 다 하고 착한 척 다 하면서 자신의 이익문제에 대해서는 민감하다. 나라에서 성매매방지법이 시행됐는데도 약혼한 여자친구가 있는데도 뭐 상관없다. 왜냐하면 자신의 원초적 이익이 그만큼 중요하기 때문이다.

진짜 선은 천하위공이다. 부안 변산에 화랑 체육관의 태권도 사범님이 있다. 체육관 회비를 5만 5천 원씩 걷다가 IMF가 터지자 회비를 3만 5천 원만 받았다. 모두가 힘든데 회비를 5만 5천 원씩 걷는 건 무리이기 때문에 자신의 월급을 40%나 희생했다.

자신의 이익이 아니라 공공의 이익을 우선시했다.

입으로만 나불대는 선은 가짜 선이다. 진정한 선은 내 자신의 이익과 함께 공공의 이익을 모두 생각하는 선이다. 그게 바로 입으로만 나불대는 가짜 정의가 아닌 진짜 정의이다.

연애와 탄소

지구는 우주의 한 모퉁이의 탄소결합체이다. 사람 몸도 탄소로 이루어져 있다. 마찬가지로 우리 삶의 가장 중요한 문제인 연애도 탄소이다.

지구과학 용어 중에 '동질이상'이라는 단어가 있다. 동질이상은 화학 조성의 같은 물질이지만 다른 결정 구조를 갖는 것을 말한다. 예를 들면, 방해석($CaCO_3$:육방정계)과 아라고나이트($CaCO_3$:사방정계), 다이아몬드(C:등축정계)와 흑연(9C:육방정계) 등이 있다.

정신분석학의 창시자 프로이드는 리비도(libido)로 사람 마음을 풀면서 에로스를 정의했는데 에로스(eros)라고 하는 말은 정열적으로 다른 이성을 구하고 사랑한다는 뜻이다. 에로스의 근원이 성적 욕구라고 해도 그것에서 성기적 욕구를 물리치고 사랑이라고 불리는 풍부하고 다형적인 것으로 높였다. 에로스적인 사람이 정말 자연적인 사람의 모습이다. 융(Jung, C.G.)은 이 말을 성적 본능만이 아닌 모든 본능의 에너지라는 뜻으로 썼다.

'다형적'이다라는 말은 석탄과 다이아몬드에 비유할 수 있겠다. 이 세상에서 최고로 값어치 있고 '영원한 사랑을'을 나타내는 다이아몬드. 이 다이아몬드도 처음부터 다이아몬드였던 것이 아니고 처음에는 석탄과 같았다. 그냥 석탄이었다. 석탄이 변화해서 바로 다이아몬드가 된다.

만지는 연애를 석탄에 비유할 수 있다면 안 만지는 연애는 바로 다이아몬드이다. 오쇼라즈니쉬의 『섹스란 무엇인가』의 맨 마지막 장에 '섹스가 석탄이라면 브라흐마차리아bramacharya, 즉 성초월은 다이아몬드이다. 다이아몬드와 석탄은 적대 관계가 아니다. 다이아몬드는 석탄이 새로운 차원으로 변형된 것이다. 이와 마찬가지로, 브라흐마차리아는 섹스와 반대되는 것이 아니다. 브라흐마차리아는 섹스가 변형되어 완성되는 것이다. 따라서 섹스를 적대적으로 대하는 사람은 결코 브라흐마차리아를 이루지 못한다. 브라흐마차리아는 그대의 모든 행위가 신적인 차원으로 승화되는 것을 의미한다. 그대의 삶이 신성한 차원으로 승화되는 것을 의미한다. 그대의 삶이 신성한 차원으로 승화되는 것이 브라흐마차리아이다. 브라흐마차리아는 곧 신성(神性)을 경험하는 것이다. 그리고 이런 경험은 올바른 이해를 통해 그대의 에너지를 변형시킬 때에만 얻을 수 있는 것이다.'라고 쓰여 있다. 연애를 에로스적인 연애로 승화(어떤 현상이 한 단계 더 높은 영역으로 발전함.)하는 게 관건이다.

오쇼라즈니쉬는 『섹스란 무엇인가』란 책에서 브라흐마차리아 (섹스 초월)을 통해서 성을 완전히 알게 된 다음에 '성으로부터의 해방'을 외치고 있다. 난 15살 때 오쇼라즈니쉬 구루의 『섹스란 무엇인가』의 책 그대로 연애를 했다. 가히 완벽하다 할 수 있다. 만약 그때 내 여자친구와 잠을 잤다면 석탄처럼 한순간은 활활 타올랐다가 금방 잿더미로 변하고 말았을 것이다. 처음에는 사랑이었지만 나중에는 그냥 기억으로 간직했을 것이다. 섹스보다는 브라흐마차리아를 통해 우리 둘이 아무나 가질 수 있는 석탄이 아닌 완벽한 다이아몬드를 가지게 됐다. '영원한 연애'를 공유했다. 16년이 지난 지금도 그 다이아몬드(완벽한 연애)는 변하지 않았다. 올해에 다시 만나 공개연애(진도 빼기)를 해보고 싶은 심정일 뿐이다.

플라톤은 향연에서 가장 완벽한 사랑이란 '플라토닉 러브' 즉, 육체적인 관계를 맺지 않는 순수한 정신적인 사랑이라고 했다. 그렇다고 '플라토닉 러브'에 아예 이성 간의 신체접촉이 없는 것은 아니다. 예외적으로 스킨십은 해야 한다.

성에 대한 욕구는 크게 성적 욕구와 성기적 욕구로 나눌 수 있다. 빙산에 비유해보면 바닷물 속에 숨어있는 빙산을 성적욕구라 한다면 바닷물 위로 나타나 있는 일부의 빙산이 성기적 욕구이다.

완전한 성적 쾌감을 누리기 위해서는 서로의 몸에 손을 대지 말아야 한다. 진정한 스킨십은 아예 이성의 몸에 손을 대지 않는 것이다. (못 만지는 게 아니라) 안 만지는 스킨십 그다음이 만지는 스킨십이다. 이성을 만지고 성관계를 했다고 해서 그 이성을 알고 성(sex)을 알았다고 하는 것은 큰 착각이다.

내가 생각하는 가장 완벽한 연애는 이런 것이다. 20살의 두 남녀가 서로 만나 비밀 연애를 하며 브라흐마차리아(섹스초월)를 통하여 완전한 성적 욕구를 누리다가 27, 28살 결혼할 나이쯤에 공개연애로 전환하여 진도 빼기를 한 다음 결혼하여 첫날밤에 서로 합궁을 하여 성기적 욕구를 누리는 것이다.

요즘은 참살이(웰빙) 시대이다. 연애도 그냥 연애가 아닌 참살이 연애·웰빙 연애가 필요하다.

히틀러와
나폴레옹

유럽에 두 명의 군인이 있었다. 한 명은 프랑스 나폴레옹이고, 또 한 명은 독일의 히틀러이다. 이 둘은 공통점이 너무 많다. 두 명 다 세계제패를 목표로 유럽을 정복했지만, 영국은 정복하지 못했고, 러시아 침공으로 몰락했다.

이 둘의 세계제패 계획은 완벽했다. 그러나 '방죽도 개미구멍으로 무너진다.'는 말처럼 사소한 결점으로 인해 세계제패 계획에 실패하고 말았다. 나폴레옹의 경우 영국을 정복하려고 영국과 해전을 번번이 치렀지만, 항해술이 뛰어난 영국을 이길 순 없었다. 그때 미국의 풀턴이란 자가 나폴레옹을 찾아갔다. 나폴레옹에게 증기선을 제안하면서 증기선으로 영국을 정복하고 그 대가로 자신의 증기선 사업을 지원해달라고 부탁한다. 그러나 나폴레옹은 증기선은 공상과학에나 나오는 것이라며 거절하고 만다. 만약에 나폴레옹이 증기선을 받아들였다면 나폴레옹은 몰락하지 않았을 것이다.

히틀러의 경우 그는 전격전을 써서 전 유럽을 장악했다. 그러던 중 소련을 침공하기까지에 이른다. 히틀러는 소련을 6주 만에 점령할 수 있다며 겨울 추위를 대비하지 않고 소련을 침공해서 실제로 소련군을 6주 만에 제압했다. 그런데 어디에도 없던 소련군이 갑자기 들이닥치기 시작했다. 히틀러는 깜짝 놀랐다. 소련에 있는 군은 전부 제압했는데 어디에서 나타났는지 모를 소련군이 나타났기 때문이다. 그 소련군은 바로 일본의 소련침략에 대비하기 하기 위하여 서부전선에 배치된 소련군들이었다. 일본이 2차세계대전 때 소련을 침략하지 않고 동남아시아를 공격하겠다는 정보를 소련의 한 첩보원이 소련에게 제공하였기 때문에 소련군은 안심하고 서부전선에 배치된 소련군을 동부전선으로 이동시킬 수 있었다. 그리하여 전쟁이 장기전으로 치달으면서 추위에 준비가 안 된 독일군을 쉽게 제압할 수 있었다.

또 하나의 경우 독일 잠수함이 흑해에서 적국한테 잡힌 적이 있었는데 잠수함 선장이 암호책 2권을 미처 불태우지 못했다. 독일군 암호가 연합군한테 노출된 상태였다. 독일이 멕시코에게 보낸 비밀문서를 미국이 입수하여 2차대전에 참전하는 바람에 독일은 패망하고 만다.

만약에 나폴레옹이 풀턴의 제안을 받아들였다면, 히틀러의 나치군의 암호가 연합군에게 노출되지 않았다면, 일본이 동남아를 공격하는 대신에 소련을 공격했더라면, 소련을 공격하지 않았더라도 일본의 동남아 공격 기밀정보를 소련에 제공한 스파이가 미리 잡혀서 처형되었더라면, 히틀러는 천 년의 제국을 이뤄 인류역사가 바뀌었을 것이다. 위대한 정복자로 역사에 기록됐을 것이다.

세상 모든 것에는 양면성이라는 게 있다. 이 양면성이 서로 돌고 돌아 세상이 돌아간다. 무조건 어느 한쪽만 추구한다는 것은 어불성설이다. 우리나라 역사 속에서 이 양면성이 두드러졌던 사람 중에는 바로 '광해군'이 있다.

'광해군'은 임금이 될 때부터 주위로부터 지탄이 끊이지 않았다. 부왕 독살설부터 수족에 의한 영창대군 암살까지 백성들로부터 무수한 비난의 뭇매를 맞았다. 그러나 대동법을 시행하여 민생을 안정시키고 후금과 명나라와의 외교를 잘 수행하여 조선을 전쟁의 참화로부터 지켜냈다. 조선의 군사력을 키워 대륙정벌까지 계획하기까지 했다.

그러나 임진왜란 때 도망가기에 바빴던 서인들이 도덕성을 빌미 삼아 일으킨 인조반정으로 실각하고 말았다. 착한 인조가 왕이 되었지만, 그는 오히려 폭군보다 더 잔인했고, 정치·외교를 엉망으로 하여 병자호란의 전쟁참화를 조선인들이 겪게 하였다.

착한 인조보다 나쁜 광해군이 실각하지 않았더라면 병자호란은 일어나지 않았고, 오히려 요동까지 조선의 영토로 됐을 수도 있었다. 광해군이 실각하기 전에 역모상소가 빗발쳤다. '김자점·

이이첨이 역모를 일으키고 있으니 지금 당장 조사하라.'는 실명까지 거론된 상소가 올라왔는데도 광해군은 김개시의 말을 너무 믿고 역모상소를 다 무시했다. 그러다가 실제로 역모가 일어나 물러났다. 그때 단 한 번이라도 역모조사를 했더라면 광해군은 성군으로 기록됐을지도 모르겠다.

사람이 하는 일에는 모든 일에는 양면성이 있고, 큰 방죽도 개미구멍으로 무너지는 법이다. 무슨 일을 하든지 간에 균형 잡힌 시각과 일에 대한 큰 그림을 보는 동시에 디테일한 면도 놓치지 않는 섬세함이 필요하다.

진심

내 나이 만 28살 때 전주예수병원으로 강박증 치료약을 받으러 간 적이 있다. 신경정신과에서 상담받으려고 기다리는데 웬 고성이 들려왔다. 20살 먹은 사람이 아버지와 함께 찾아와서 얘가 정신적으로 많이 힘드니 병사용 진단서를 떼어달라고 왔는데 정신과 의사분이 "군대 안 가려고 정신과 치료를 받고 병사용 진단서를 받을 거면은 절대 못 떼어 주겠다는 말입니다." 이렇게 호통을 치는 소리가 상담실 밖까지 들려왔다.

내 나이 16살 때 강박증 증상이 찾아오기 시작했다. 온통 머리에 혼란이 가득했다. 가족한테 나한테 뭔가 문제가 있으니 치료가 필요하다고 말하니 고지식한 넷째 작은아빠가 무슨 말도 안 되는 소리냐며 반대했다. 그러다가 고3 때 전주예수병원에 가서 첫 상담을 하고 뜻이 안 맞아 치료를 받지 못했다. 그러다가 대학교 1학년 때 다시 치료를 받게 되었다. 그 의사분이 약 타지 말고 바로 검사하고 입원치료를 받자고 했다. 난 그때 약 타 먹으면서 치료를 받고 했는데 의사분이 강권했다. 그래서 검사를 받고 입원치료를 하게 됐다. 검사결과는 정상이었다. 입원치료는 답답해서 이틀 만에 그만두고 말았다. 그리고 약을 타 먹으면서 치료하게 됐다.

그렇게 시간이 흘러 10년 뒤 정신과 의사 분하고 상담을 하면서 내 진료기록을 보게 됐다. 그러면서 이상한 점을 발견했다. 의사분이 진료기록서에 바로 내가 20살 때 병사용 진단서를 떼기 위해서 입원했다고 기록한 점이다.

원래 병사용 진단서는 그렇게 쉽게 떼어주지 않는다. 최근에 병역비리 사건이 많아지면서 심사가 한층 더 강화됐기 때문이다. 16살에 강박 증상이 나타났는데 20살에 병원에 찾아온 점, 심리결과가 정상으로 나왔다는 점 이 두 가지 점을 미루어 볼 때 의사분이 꾀병 부리지 말고 군대 가라고 호통쳐야 마땅할 일이다. 그런데 입원을 강권하며 병사용 진단서를 떼어주었다는 점이 좀 이해가 안 됐다. 다른 의사분한테 치료를 받을 때도 치료받는 중간에 힘들어서 치료를 그만 받겠다고 하니 "군대 가면 적응하겠어요."라며 다정하게 말하는 경우도 있었다.

워낙 사람을 많이 상대하다 보니 이 사람이 진짜로 아파서 온 것인지, 아니면 거짓으로 온 것인지를 직감적으로 파악한 것일 것이다. 언어가 아닌 그 무엇으로 판단했을 것이다. 그 무엇을 바로 통찰력이라고 한다.

이 세상을 살아가면서 무슨 일을 하든지, 어떤 사람을 만나든지 진심으로 대해야 한다. 예를 들어 연애 같은 경우도 이와 마찬가지이다. 대학에서도 얼굴 곱상하게 생기고 스펙 좋아도 입학할 때부터 졸업할 때까지 연애 한 번 못해 보는 남자들도 더러 있다.

여자를 성욕의 대상으로 삼은 경우이다. 여자를 만나서 연애가 목적이 아니라 오로지 잠자리를 하기 위해서 마음을 먹고 있는 경우엔 절대 연애 못 한다. 왜냐하면 바로 여자한테는 육감(도무지 알 수 없는 사물의 본질을 직감적으로 포착하는 심리 작용)이란 게 있기 때문이다.

예를 들어 집고양이를 한 번 혼을 내서 매를 때려야겠다고 마음먹고 겉으로는 웃고 먹을 것을 가지고 다가가면 집고양이가 겁을 먹고 벌벌 떤다. 왜냐하면 동물적 육감으로 주인의 본심을 바로 알아채기 때문이다.

정치도 같은 경우이다. 극좌파가 번번이 보수정당에 깨지는 이유도 이와 같다. 극좌파는 늘 착한 소리를 한다. 뭐 장애인 복지니, 여성 평등이니, 서민경제 활성화 등등 약자를 위하는 척, 착한 척을 잘한다. 하지만 사람들에게는 통찰력이라는 게 있다. 통찰력이란 언어적인 요소 외에 비언어적인 요소, 즉 그 사람의 말투나 어법, 몸짓, 느낌 등으로 아는 것을 말한다.

예를 들어 약자를 위하는 척하면서 최저임금을 8,000~10,000원으로 올리기를 주장하는 단체가 있다. 한여름에 영상 35도에서 종일 노가다하는 시급이 9,000원이고, 하루 12시간 온종일 일하는 생산직의 주간 시급이 6,100원이다. 시급 8,000~10,000원이면 인력공사 다 망하고, 생산직 공장 다 문 닫는다. 편의점은 말할 것도 없다. 한마디로 국가경제가 마비된다.

이런 거짓말을 아무리 지껄여봤자 국민들은 절대 속지 않는다. 언어적으로 사람 마음을 일시적으로 혼미하게 할 수는 있어도 사람의 통찰력은 속일 수 없다.

무슨 일을 하든지 마찬가지이다. 언어가 아닌 진심으로 대해야 인정을 받는다.

연애의 허상과
실상

최근에 유투브나 티비에서 '연애의 기술'에 관해서 설명하는 영상이 떠돌고 있다. 연애강사, 픽업아티스트라는 그럴듯한 이름으로 말이다. 어쩌다 가끔 보면서 대한민국 남성을 상대로 사기를 치고 있다는 인상을 강하게 받았다.

연애강의를 보니 옷차림을 멋지고 깔끔하게 하고 외모에도 신경 써야 하고 상대편 여자에 대한 외모에 대한 칭찬과 따뜻한 배려를 해줘야 한다. 그러면서 길거리에 지나가는 여성한테 다가가 무턱대고 말을 걸어 전화번호를 따낸다. 그리고 술자리에 불러 카드 마술을 보여주자마자 처음 본 사이에 바로 키스까지 한다.

그러니까 한마디로 겉모습을 잘 가꾸어 상대편 어자의 호감을 이끌어내라는 말이다. 하지만 이건 반은 맞지만, 반은 틀린 말이다.

중·고등학교 때 국어 선생님이 이런 말을 했다. "공부 잘해서 출세해라, 그러면 예쁜 여자와 결혼할 수 있다. 돈이 있으면 예쁜 여자와 자연스럽게 연분을 맺을 수 있다." 하지만 이것도 반은 맞지만, 반은 틀린 말이다.

남자는 시각적인 동물이기 때문에 무조건 예쁜 여자를 선호한다. 하지만 여자는 그렇지 않다. 여자 중에서 잘생기고 돈많은 남자를 좋아하는 여자도 있다. 하지만 모든 여자가 그런 게 아니라 많아 봤자 20% 정도이다.

예를 들어 여자 연예인 같은 경우 같은 연예인끼리 결혼하는 비율보다 일반인하고 결혼하는 비율이 훨씬 높다. 흔히 알려진 바로 얼굴 잘생기고 돈 많으면 여자가 저절로 따라온다. 이건 허상이다.

대학 1학년 때 과 친구 중에 얼굴 잘생기고 여자 잘 챙겨주는 애가 있었다. 과 여자애들한테 돈 막 쓰고 친하게 말 걸고 잘 챙겨주었다. 몇몇 여자애들하고는 친하게 잘 놀았다. 특히 아첨하기를 좋아했다. 여름방학에도 꾸준히 노가다를 하여 남자애들한테는 백 원짜리 하나 안 쓰고 여자들한테 밥 사주고, 영화 보여주고 이렇게 친하게 지냈다. 하여튼 여자애들하고 친하게 지내려고 큰 대가를 치렀다. 그러나 대학 1학년이 끝나가고 수업을 따로 듣게 되면서 여자와의 관계는 끝을 맺고 말았다.

난 여자한테 돈 막 쓰고 잘 챙겨주고 예쁘다고 칭찬하지 않았다. 하지만 과 여자애들 중에서 예쁜 여자들하고 돈독한 관계를 유지했다. 키는 크지만, 얼굴이 잘생기지 않았고, 옷도 수수하게 입었다. 돈도 안 쓰고, 외모에도 신경 쓰지 않으면서 어장관리를 한 비법은 바로 웃기는 것이다. 여자는 원래 자신을 웃긴 남자를 기억하는 법이다.

예를 들어 연예인 중에서 동료 여자연예인들한테 인기가 많은 남자연예인은 바로 조권이다. 깝권이라고 불릴 정도로 웃기고 장난을 치기 좋아한다. 주변에 조권보다 키 크고 잘생긴 남자 연예인이 많지만 유독 조권이 인기를 끈 이유가 바로 웃기는 데에 있다.

그리고 여자는 남자의 외모보다는 그 사람의 됨됨이를 본다. 겉으로 드러내 보이는 이미지보다, 아첨에 가까운 칭찬보다는 이 사람이 얼마나 좋은 사람인지, 얼마나 날 진심으로 아껴주는지에 깊은 호감을 느낀다.

연애를 할 때에도 여자를 무조건 잠자리 대상으로만 봐서는 안 된다. 여자는 육감이라는 게 있기 때문에 사람의 겉모습만 봐도 겉과 속을 단숨에 꿰뚫어볼 수 있다. 진도 빼기를 할 때에도 잘해야 한다.

진도 빼기는 탄소다. 어떻게 하느냐에 따라 다이아몬드가 될 수도 있고, 석탄이 될 수 있다. 사귀자마자 바로 진도 빼는 것은 석탄 연애이다. 사람들이 착각하는 게 있는데 이성과 성관계를 가졌다 해서 그 여자를 알고 성에 대해서 아는 건 아니다.

요즘 연애하는 사람들 중에서 만나서 진도 빼기만 하고 6개월 사귀고 헤어지고 하는 건 잘못된 일이다. 무작정 진도 빼기는 석탄과 같기 때문에 한 번 불태워 버리면 금방 재가 되고 만다.

성(性)을 빙산에 비유하자면 해면 위로 나타나 있는 부분을 성기적 욕구라 한다면 해면 밑에 숨어있는 부분을 성적 욕구라 할수 있다. 여자친구를 만날 때 일단은 만지지 않는 진도 빼기를통하여 성적 욕구를 충분히 충족시킨 다음에 그다음에 여자 몸을 만지면서 성기적 욕구를 채워야 한다. 대한민국에 불고 있는현 섹스 문화가 너무 성기적 욕구, 즉 섹스에만 편중된 점은 안타깝다 하겠다.

정신분석학의 창시자 프로이드는 '진정한 사랑'이란 이성을 열렬히 갈구하되 성적 욕구를 해소하고 거기서 성기적 욕구를 물리쳐야만 그게 바로 '진정한 사랑'이라고 말했다.

진정한 진도 빼기, 즉 다이아몬드 연애는 바로 이성의 몸에 아예 손대지 않는 것이다. 한 1년 정도 이렇게 사귀면서 이성과 성에 대해서 모든 걸 알게 된 후에 이성의 몸에 손을 대야 한다. 이성의 겉피부만 만지는 것은 옳지 않다. 이성의 겉피부와 함께 속까지 같이 만져야 한다. 즉 겉과 속이 다 채워져야 그게 바로 진짜 연애이다. 진짜배기 진도 빼기이다.

만족

만족하는 삶이라… 사람의 최대의 가치는 '행복'이 아닐까 싶다. 사람들이 열심히 공부하고, 일하는 궁극적인 이유는 바로 행복지기 위해서이다. 더 비싼 차를 사고, 더 큰 집을 갖고, 더 예쁜 여자친구를 사귀고…. 하지만 사람의 욕심은 끝이 없듯이 아무리 좋은 것이라도 시간이 지나면 싫증이 나고 더 좋은 걸 갖고 싶어진다. 궁극적으로 불만족하다.

무엇을 하든지, 무엇을 갖든지 간에 만족하면 정답이 아닐까 싶다. 딱 제격에 맞는 그런 것, '중용'의 뜻과도 일치한다. 난 내 삶에 만족한다. 내 아버지는 농부이고, 난 작가이다. 더도 말고 덜도 말고 딱 좋다. 시골에서 농사일을 하시는 어르신들은 대부분 농사일을 싫어한다. 생계 때문에 마지 못해서 일을 한다. 하지만 내 아버지는 농사일을 좋아하셨다. 나도 글 쓰는 일이 좋다. 물론 돈벌이는 안 된다. 하지만 글 쓰는 거 자체가 좋다.

내가 어린 시절을 보낸 변산반도의 '산내외딴집'도 만족한다. 완벽에 가깝다. 지금 누가 나보고 타워팰리스 갈래, 시골집으로 갈래 그러면 난 타워팰리스 간다고 한다. 그렇지만 어렸을 때 타워팰리스에서 살고 싶니, 변산의 한 시골집에서 살고 싶니 하면 타워팰리스보다는 내가 살았던 시골집이 좋다.

할머니가 해준 게장백반… 게장을 먹고 속에 밥을 넣어 비벼 먹던 그 맛은 고급 레스토랑의 랍스터에 비할 바가 안 된다. 물론 고급 레스토랑의 랍스터도 맛있지만, 할머니의 게장 백반은 더 맛있다.

일부 사람들은 결혼을 할 때 조건을 보고 결혼을 한다. 그렇지만 그 무엇보다도 결혼 상대가 맘에 들고 사랑을 해야만 한다. 내 아버지와 어머니는 1983년 지인의 소개로 처음 교제를 했다. 2년간 교제 끝에 1985년 결혼을 했다. 그리고 내가 태어났다. 하지만 어머니가 내가 어렸을 때 불의의 사고로 돌아가시고 말았다.

아버지는 내 어머니를 얼마나 사랑하셨는지 평생 수절하며 살았다. 죽는 그 순간까지 내 아버지한테 여자는 오직 내 어머니밖에 없었다. 다방에서 커피도 시켜 먹지 않았다. 글쎄 남들 눈에는 평범한 시골 아낙으로 보였을지 몰라도 내 아버지한테는 아마 최고의 연인이었을 것이다. 잠깐의 만남이었지만 우리 부모는 결혼 생활으로 지복을 경험했을 것이다.

나도 결혼을 하려면 이런 결혼을 하고 싶다. 얼굴만 보고 조건만 보고 결혼했다가 3년 살고 이혼하면 차라리 결혼 안 하는 게 낫다. 남이야 어떻게 생각하든 나와 딱 맞는 최고의 여인과 결혼을 하고 싶다. 그래서 오랫동안 행복한 결혼생활을 하고 싶다.

난 지금 수필작가이다. 무명이다. 직장도 없고, 돈벌이도 별로 시원치 않다. 그렇지만 난 지금 이 생활이 좋다. 글 쓰고, 책 내고 여유롭게 여가 시간을 즐기며 보내는 게 좋다. 인정은 받아도 그만 안 받아도 그만이다.

우리들은 삶을 살아가면서 최고의 삶을 목표로 꿈꾸며 살아가고 있다. 최고라 해서 남들보다 스펙이 좋다고 무조건 최고는 아니다. 나한테 맞게 내 삶에 맞게 최고의 가치를 끄집어내는 게 바로 최고의 삶이다. 내가 완벽하다고 느끼면 그만이다.

그게 바로 최고의 삶이고, 행복한 삶이다.

『한단고기』

내가 대학 2학년 때부터 간간이 읽어온 책이 있다. 바로『한단고기』이다. 우리 민족의 상고사를 다룬 역사책이다. 하지만 현재 주류역사학계에서는 이 책을 위서라고 여기고 있다. 단지 재야사학에서만 이 책을 진서로 여기고 있다.

난 이『한단고기』를 진서라고 여긴다. 단지『한단고기』를 해석하는 데 문제가 있다고 본다. 대표적으로 증산도이다. 상생 TV도 보고 한단고기 주해본도 보는데 오역이 심하다. 예를 들면 몽골족을 한민족과 결부시킨다든지 인디언과 인디오도 한민족으로 여기는 말도 안 되는 억지해석을 말하고 있기 때문이다. 제국주의와 패권주의 시각으로 한단고기를 해석해서 이런 일이 나타나는 것 같다.

한민족과 유전적으로 가장 비슷한 민족은 일본이다. 몽고족과

한민족은 형제이다. 하지만 피를 나눈 형제가 아니라 같은 기마 문화를 간직하고 있는 의형제 관계이다. 몽고족과 한민족이 동족이라고 여긴다면 일본도 한민족이고, 헝가리도 한민족이고, 핀란드도 한민족이다.

또한 재야사학에서는 고대 동이족이 홍산문명을 비롯하여 지구 각지로 이동하며 수메르 문명·인더스 문명 등의 고대 문명권을 모두 건설했다는 논리를 펴고 있다. 그래서 수메르인도 한민족이고, 잉카문명도 한민족이 건설했다는 허황된 말을 하고 있는 것이다.

아득한 상고 시절 동이족(지금의 한민족)은 동북방의 중심이었다. 한반도와 현재 중국 대륙 일부에서 생활을 했다. 환국부터 배달국·고조선·부여·고구려·백제·신라·고려·조선 대한민국 이렇게 나라가 세워지고 사라지면서 현재의 상태가 된 것이다.

역사에서는 무엇보다도 진실이 중요하다. 자신의 이익에 맞추어서 역사를 해석해서는 안 된다. 요즘은 세계화 시대이다. 지구촌이라는 말이 나돌고 있을 정도로 세계가 하나가 되고 있다. 문화가 서로 활발한 교류를 하고 있다. 그렇다고 해서 지구촌의 모든 문화가 뒤섞여서 잡탕이 되어서는 안 된다.

각 문화가 서로 서로 섞이고 교류하되 전주비빔밥처럼 각 문화의 고유성과 특색이 그대로 유지된 채 서로 한데 어울려서 조화로운 맛을 내야 한다. 따라서 민족주의에 입각한 역사관이 필요하다. 국수주의·혼혈주의 둘 다 옳지 않다. 오직 민족주의만이 정답이다.

한민족은 만 년이 넘는 시간 동안 민족의 고유성을 유지하며 자주적으로 살아왔다. 한민족의 민족성을 말살하기 위해서 중국과 일본은 예전부터 치열한 공격을 해왔다. 현재에도 대표적으로 동북공정, 일본의 역사 왜곡을 통해서 한민족의 정체성을 희석하고 왜곡하려는 시도가 수도 없이 일어나고 있다.

이 상황에서 한민족의 정체성과 고유성을 유지하고 민족의 발전을 위해서는 올바른 역사 확립과 우리 시각의 민족사상을 새로이 찾아내야 한다. 중국이나 일본의 남의 색깔이 아닌 대한민국의 색깔을 제대로 내야 한다.

현재 사학계에서도 『한단고기』를 무조건 위서로만 취급할 게 아니라 객관적인 시각으로 바라보아야 하고 재야사학계도 무조건 『한단고기』를 신봉하여 뻥튀기를 할 게 아니라 객관적인 시각에서 바라보아야 한다.

또한 해외로 반출된 우리나라 문화재와 서적을 환수하는 노력도 게을리해서는 안 된다. 일제 식민지시대에 일본으로 반출된 우리 서적이 무려 20만 권에 달한다. 이 서적의 일부만 회수하여도 한민족의 고대사와 사상을 밝히는 데 큰 도움이 된다.

지금 대한민국은 중국의 동북공정과 일본의 고대사 왜곡으로 한민족(동이족) 정체성 유지의 큰 위기를 맞고 있다. 이 상황에서 한민족 상고사와 고유사상에 대한 제대로 된 연구가 필요하다.

한마디로 한민족의 정체성을 제대로 밝혀야 한다는 이야기이다.

역사는 사람이 살아온 발자취이기 때문에 올바른 역사 인식을 통해서 현재를 제대로 알고 밝은 미래를 만들어 나가야 한다.

쇼다운

난 지금 매우 위태롭다. 마치 '미션 임파서블2'에서처럼 아무것도 의지하는 것이 없이 맨손으로 암벽등반 하는 것과 같다. 난 수필작가이다. 원래는 과학자를 꿈꿨는데 22살에 갑자기 그 무엇인가로부터 가슴속에 작가가 되라는 강한 칙령을 받았다. 그래서 24살에 한국문학세상에서 '영포가 시사하는 한국의 대학생'으로 데뷔하고, 2010년에 『산내외딴집』을 냈다. 처녀작이라 아무것도 몰랐다. 책 한 권 내면 한 적어도 1만 권~2만 권은 팔릴 줄 알았다. 그러나 판매고는 처참했다. 150권~200권 나간 게 고작이다. 작품의 질이 높고, 낮고를 떠나서 서점 서가에 한 권씩만 꽂히고 일단은 홍보가 안 되니까 방법이 없다.

예술계·체육계는 '승자독식' 세상이다. 이긴 자가 모든 걸 다 가지는 바닥이다. 1등은 있어도 2등은 없는 세상이다. 글을 쓰고 책을 쓰면서 자부심을 갖지만 한 편으로는 두렵기도 하다. 기라성 같은 작가들을 모두 이겨야만 하기 때문이다.

현재 지금 내 상태는 한마디로 '진퇴양난'이다. 앞으로 나갈 수도, 뒤로 빠질 수도 없고, 박을 수도, 뺄 수도 없어 대체 뭘 어떻게 해야 할지 모르겠다. 내 나이 31살이라 이제 마냥 글만 쓸 수는 없다. 직업을 가져야 한다. 현재는 아르바이트하면서 4일 일하고 3일은 글 쓰며 생활하고 있다. 써놓은 글이 있어서 그 글을 버리기는 좀 그러기 때문에 글을 완성하여 한 번 더 도전해 볼까한다. 만약 되면 좋고, 아니면 말고…. 책 내고 정보 보안 전문가나 해볼 생각이다.

내가 발표할 이번 에세이집은 어쩌면 나한테는 마지막 기회일지도 모른다. 난 부모님도 두 분 다 돌아가셨기 때문에 혼자 힘으로 집이며, 차며, 생계 문제를 해결해야 한다. 영화 '카지노 로얄'에서 마지막 판에 있는 돈을 싹 걸고 올인하는 장면과 같다. 성공이냐, 실패냐 이 두 가지 길밖에 없다. 만약에 이번에 성공하면 대박 나는 것이고, 아니면 쪽박 차는 것이다. 글만 써서 먹고 살 수는 없기 때문에 안정적인 직장을 붙잡아야 한다. 글쓰기와 일을 동시에 하기는 매우 힘들다. 어쩌면 불가능에 가깝다.

그렇기 때문에 이번에 낼 에세이집에 내 모든 것을 걸 수밖에 없다. 원래 전업작가의 삶이 'All or nothing'이다. 한마디로 말해서 잘되면 타워팰리스 가는 것이고, 안 되면 노숙자가 된다.

지금 내 모든 힘을 내서 글을 쓰고 있다. 이 책 한 권에 내 운

명이 달렸다. 성공하든 실패하든 대박 나든 쪽박 차든 세상을
갖기 위해 모든 걸 다 잃는다 하여도 이미 승부수는 던져졌다.
돌이킬 수 없다.

돈벌이

●

●

새해 들어 나이를 한 살 더 먹었다. 글만 써서는 안 될 것 같아서 일자리를 하나 구했다. 배터리 생산직 일이었다. 야간 일이었는데 일급이 11만 원이나 돼서 무조건 신청하였다.

생산직 일이라서 무척 힘이 들 줄 알았는데 비교적 쉬웠다. 하지만 하루 12시간 서서 똑같은 일을 반복해서 해야 하니 지루했다.

처음 일을 나가자 배터리 세척을 했다. 세제로 배터리 주변을 깨끗이 닦은 일이었다. 일을 하는 거니까 구석구석 깨끗이 닦으며 일했다. 둘째 날은 전조와 커버를 나르는 일이었다. 기계에 맞추어 제때 제때 끼워넣기만 하면 되는 거였다. 그 다음 날은 배터리 용기에 배터리가 제대로 들어가는지 확인하는 일, 그 다음 날은 배터리에 볼트 끼우는 일, 포장지 테이프 붙이고 배터리 곽에 집어넣는 일 등 이렇게 단순노동을 했다.

일을 하면서 배터리라는 제품이 어떻게 생산되는지 처음부터 끝까지 배우게 됐다. 에세이 작품을 만드는 과정과 비교하며 품(品)을 만드는 과정을 배웠다. 마치 소풍 가서 자동차 공장을 견학하는 거하고 똑같다. 직접 배터리 생산을 하면서 무수한 공정을 거쳐 어떻게 제품이 만들어지는지 공부를 하게 되니 글을 쓰며 작품을 만드는 일에 큰 도움이 된다.

이 일을 하기 전에 비닐하우스 일도 하고, 노가다도 했는데 그런 일은 허리가 아프고 몸이 쑤셔서 못하겠다. 생산직 일은 그나마 할 만한데 피곤한 게 흠이다. 쉬는 날이면 종일 누워서 잠만 잔다. 그래도 피로가 안 풀려 피로회복제도 먹고 있다.

일을 하면서 할 일 없다고 앉아 있다가 서서 일하라고 꾸중도 듣고, 하기 싫더라도 참으면서 일을 진행도 하고, 딱딱 맞추어서 정해진 일을 하게 되었다. 너무 자유롭게 생활했는데 규칙적으로 내 몸을 다잡아 가는 점이 좋다. 일하면서 어리버리함도 고치고 권태, 악덕, 게으름에서 벗어나게 됐다.

난 (중)수필 작가이다. 작가는 자기가 하고 싶은 생활을 할 수 있는 장점이 있지만, 단점이 돈 벌이는 안 된다는 것이다. 작가로 성공하는 길은 매우 힘들고 고단하다. 그리고 오랜 시간의 노력이 필요하다.

난 작가생활 7년째인데 앞으로 성공하려면 10년이 걸릴지 20년이 걸릴지 모른다. 성공 못 할 수도 있다. 성공하기까지 일하며 계속 글을 써야 한다. 일하고 쉬는 날에는 글을 쓰고 있다. 밤에는 생산직, 낮에는 글 쓰고, 말 그대로 야생주독이다. 밤에는 배터리 제품 생산, 낮에는 수필작품 생산. 두 가지 일을 동시에 하려니 힘에 부친다. 몸이 극한상태까지 다다랐다. 그래도 지금 포기하면 죽도 밥도 안 된다. 뒤로 도망갈 곳도, 도망치지도 못한다. 낭떠러지 위에서 반대파들에게 포위당한 형국이다. 무조건 해야 한다. 지금 여기서 안 하면 기다리고 있는 건 죽음밖에 없다.

일을 하면서 내 자신에게 자꾸 다짐한다. '일을 힘들어 하면 안 돼. 앞으로 일하고, 글 쓰고 하는 것을 적어도 20년은 해야 해.' 한 달에 200만 원 정도면 그럭저럭 먹고 살 만하다.

첫 주급 44만 원을 탔다. 할머니한테 21만 원 드리고, 조카 용돈도 주고, 나머지는 내가 가졌다. 쭉 글만 쓴다고 할머니한테 돈을 받아쓰기만 했는데 직접 벌어 주니 왠지 뿌듯했다. 지금까지 키워준 공을 돈으로나마 보답한다는 느낌이 들어 더욱 좋았다.

일을 하면서 많은 걸 깨닫는다. 난 지금까지 얘기같이 살아왔다. 할머니한테 기대어서 작은아빠한테 의지해서 정말로 편하게 살아왔다. 돈 벌기가 이렇게 힘든 줄은 몰랐다. 피땀 흘려 일한다라는 말을 새삼 깨닫게 되었다. 그리고 돈을 이렇게 힘들게 버니 돈의 소중함도 알고 아껴 쓰게 되었다.

계속 이렇게 일하며 살고 싶다. 직장 취직 안 하고 평생 이렇게 일하고, 글 쓰고 이렇게 살며 여생을 보냈으면 좋겠다.

아! 예쁘다

요즘 들어 자꾸 옛날 생각이 난다. '10년 전 대학 1학년 때 그때 난 뭐했을까.' 그러면서 문득 대학교 과 친구를 생각해본다. 나의 단짝 소꿉친구를 말이다. 그때의 첫 만남이 11년이 지났어도 아직 기억난다.

대학 새내기캠프를 잊을 수가 없다. OT 때 대학교 술자리에 대한 환상을 가지고 오리엔테이션에 참석했는데 별 재미가 없었다. 그냥 술만 마시고 왔다. 재미없어 새내기 캠프를 안가려고 했으나 친구의 강력한 권유로 가게 되었다. 새내기 캠프에 안 갔으면 평생을 두고 후회할 뻔했다. 왜냐하면 대학생활을 같이 보낼 소꿉친구를 만나지 못할 뻔했기 때문이다.

새내기캠프에 과친구 중에서 남자 5명, 여자 6명 이렇게 왔다. 남원 청소년수련관 한 방에서 3박 4일 동안 같이 먹고 마시며 놀았다. 그중에서 날 귀엽게 봐주는 여자애가 있었다.

얘가 예쁘고 야하게 생겼다. ―스파이더맨 여주인공 던커스틴을 닮았고, 육지혜 누나를 닮았다. 특히 팔뚝이 굵었다. ― 그렇다고 절대로 헤픈 여자는 아니다. 남자는 좋아하고 남자랑 놀되 절대 남자와 손끝 하나 닿지 않는 그런 산속의 매화와 같은 여자이다. 유행가 가사 중의 표현인 '난 너무 매력 있어요. 내가 너무 섹시한가요. 내가 눈빛만 줘도 너무 좋아 죽을 것.' 정도로 예쁘다. 게다가 성격도 좋다. 예쁜 척 안 하고 공주병도 안 걸렸다. 시골 아낙 같은 느낌이었다.

처음 본 사이인데 마치 10년은 알고 지낸 사이처럼 친하게 대해줬다. 아무래도 날 귀엽게 봤나 보다. 늘 웃는 모습이 특히 예뻤다. 나하고 성향이 같았다. 이성을 좋아하는 유형의 사람이기 때문이다.

새내기캠프 3박 4일 동안 내 기억으로는 내 옆자리에만 붙어있었다. 처음에는 몰랐다. 그냥 단순한 우연의 일치로만 알았다. 같이 놀다가 피부가 맞닿은 적이 있었는데 깜짝 놀라며 피하지 않고 가만히 있었다. 그때의 따스함이 아직 내 몸에 남아있다.

예쁘니까 친하게 지내고 싶었다. 과 생활 처음 시작할 때 무의식적으로 여자애들하고 가까이 지내고 싶어했던 거 같다. 일단 바로 손잡고 영화 보러 가자고 하면 변태 취급을 받기 때문에 가랑비 작전에 돌입했다. 가랑비에 옷 젖듯이, 구렁이 담 넘어가듯이 이런 연애작전을 뉴 키즈 온 더 블록은 '스텝 바이 스텝'이란 노래로 불렀다.

처음에는 일단 다모임으로 쪽지를 보낸다. 그다음에 문자를 주고받는다. 문자를 주고받은 다음에 전화를 건다. 서로의 목소리를 공유하며 대화를 한다. 그다음에 "같이 밥이나 먹을까?" 이렇게 꾀어서 같이 밥을 먹는다. 그다음에 영화를 본다. 내 나름의 '스텝 바이 스텝' 작전을 세웠다. 이렇게 피싱 계획을 세웠다.

그런데 이걸 어쩌나 내가 작전을 쓰기 전에 이미 날 좋아해 버렸으니 그리고 그 여자애가 나한테 '가랑비 작전'을 쓰기 시작했다. MT 가서 캬라멜도 주고, 먼저 말 걸고, 먼저 장난치고…. 이런 경우를 내가 낚으려다가 낚였다고나 할까, 대어를 낚으려고 미끼를 걸고 낚싯대를 던지기도 전에 잉어 한 마리가 물속에서 점프해서 내 소쿠리 안으로 들어왔다고나 할까 아니면 야생 고양이 상태에서 귀엽다고 포획당해서 집고양이가 된 기분이라고 할까.

난 예쁜 애하고 같이 놀아서 좋은데 왠지 그 여자애가 날 가지고 노는 것만 같았다. 마치 집주인이 집고양이한테 캬라멜도 주고, 우유도 주고, 간지럽혀 주고 이렇게 예뻐해 주는 건 좋은데 왠지 내가 펫이 된 기분이랄까.

대학 공강 시간이면 전주 덕진 공원 가서 뻥튀기도 먹고, 물고기한테 밥도 주고, 벤치에 앉아서 신변잡기도 이야기하고, 시간이 너무 널널할 때나 휴일에는 전주 동물원 가서 호랑이 구경도 하고, 호랑이가 스테이크 먹는 것도 구경하고, 같이 스테이크도 먹고, 밤에는 술도 마시고….

　서로 교류하며 우리 둘만의 소꿉놀이를 하여 남녀의 우애라는 모래성을 쌓았다. 서로 같이 토론을 하면서…. 그렇다고 공개연 애는 아니다. 아마도 친한 사이와 공개연애의 중간쯤 정도라고나 할까. 이렇게 20살에서 22살까지 천 일간의 모래성을 쌓았다. '천 일야화'와 비슷하다. 히틀러의 '천 년의 제국'을 연상케도 한다.

　그 이후로는 자연스럽게 서로 멀어져서 혼자 지냈다. 만남에도 맺고 끊음이 확실했다. 그래야 뒤처리가 깨끗해지는 법이다.

새만금과 갯벌

내 고향은 변산 반도이다. 천혜의 자연환경을 갖춘 곳이다. 내가 사는 마을은 농촌이다. 위로 2㎞만 올라가면 산촌이고, 아래로 2㎞만 내려가면 어촌이다. 산촌·농촌·어촌이 같이 있는 뷔페식 시골이다.

쉬는 날 고향을 찾았다. 그리고 고사포 옆 나들목도 가봤다. 어렸을 때는 바닷가에 살아서 몰랐는데 가끔 와서 구경하니 왠지 특별하다. 육지와 바다가 맞닿아 있다는 게 신비롭기까지 하다.

고사포해수욕장 바로 옆에 나들목이란 곳은 예전부터 육지와 해상의 왕래가 활발한 곳이어서 이름이 이렇게 붙여졌다. 고향 사람들은 나들목이 아니라 노루목이라고 부른다. 날씨가 따뜻한 봄·여름에 심심할 때 동네 형·친구들과 같이 나들목에 가서 맛조개(죽합)을 잡곤 했던 기억이 떠오른다.

호미와 맛소금을 들고 가서 말이다. 나들목 갯벌에 가면 갯벌 위로 구멍들이 나 있다. 죽합이 숨을 쉬기 위해서 구멍을 내고 있는 것이다. 그 구멍을 호미로 판다. 그리고 거기에 맛소금을 집 어넣는다. 그러면 짠맛을 못 견뎌 죽합이 물 밖으로 빠져나오면 죽합을 잡고 돌려 뺀다. 죽합을 잡는 이유는 손맛 때문이다. 죽 합 잡는 재미가 그 어떤 것에 비할 바가 안 된다. 낚시보다는 죽 합 잡는 재미가 훨씬 크다. 잡은 죽합은 먹지 않는다. 맛은 없기 때문이다. 죽합보다는 배꼽을 잡는 게 더 좋다. 배꼽은 맛있기 때문이다. 어느 때 나들목을 거닐다가 구멍이 보여 손으로 구멍 을 파 젖혔다. 손으로 배꼽을 잡았다. 배꼽은 안 잡히려고 갯벌 속으로 더욱 깊이 들어갔다. 그래도 포기하지 않고 끝까지 잡아 채어 배꼽을 잡았다. 그때의 쾌감은 마치 갯벌 속의 보물을 끄집 어내는 기분이랄까.

나들목에서 해양생물과 놀면서 교감을 쌓은 게 큰 수확인 거 같다. 나들목에서 학교 다닐 때 반 친구들끼리 가끔 가 수영을 했다. 초등학교 6학년 때 담임선생님의 인솔하에 반친구들하고 같이 수영을 했다. 여자애들 수영도 가르쳐 주고, 짓궂은 장난도 치고, 중 2 야영 때도 학교 사람들과 같이 가서 수영을 쳤다.

나들목을 구경하면서 옆편에는 바다 사이로 긴 방조제가 펼쳐 져 있다. 바로 새만금이다. 고사포 바로 옆에 세계 최고 규모의 간척사업이 이루어지고 있다. 환경단체들이 새만금을 반대한다.

갯벌이 파괴된다고 말이다. 하지만 간척사업으로 갯벌이 파괴되는 만큼 새로운 갯벌이 생성되고 있다. 새만금을 개척해도 서해안 갯벌에는 아무 이상 없다. 환경적으로 아무 이상 없다.

변산은 깡촌이지만 바로 옆에 동아시아 경제 중심지가 건설되고 있다니 그것 또한 놀랍기만 하다.

고사포에서 소꿉놀이를 하던 기억을 떠올리며 동북아 경제중심지 새만금을 바라본다. 나중에 기회가 되면 새만금에서 살고 싶다. 새만금에서 살며, 관광도 하고, 카지노도 하고, 골프도 치고, 사업도 하고….

에너지와 섹스

인류의 최대 관심사는 섹스이다. 특히 남자 같은 경우에는 더욱 그러하다. 수도승들 특히 도를 닦는 사람들은 섹스를 엄격히 금지하고 있다. 섹스를 하면 쾌감을 얻지만 동시에 사정을 통해 막대한 양의 에너지를 낭비하기 때문이다. 도를 닦기 위해서는 많은 공부와 수행을 해야 하기 때문에 막대한 양의 에너지가 필요하다. 그러므로 섹스로 인한 에너지 낭비를 막아야 한다.

사람 몸에는 에너지가 있다. 태어날 때 에너지를 갖고 태어나고 죽을 때 에너지가 소멸되어 죽는다. 이 에너지 중에서 가장 근본적인 에너지는 바로 성 에너지이다. 그래서 프로이드는 리비도로 사람을 분석했다. 융은 성 에너지는 모든 에너지의 근본이라고까지 했다. 그만큼 사람한테는 핵심이다. 그래서 옛말에 '영웅호색(英雄好色)'이라고 했고, 성공하려면 성(sex) 에너지를 잘 활용하라고 말하는 사람도 있다. 리비도를 정복하는 자가 바로 세상을 정복한다. 『동의보감』에서도 남자의 정액을 함부로 방출하지 말고 절제하라고 한다. 아무래도 정액보다는 사정 시 몸 밖으로 방출되는 에너지 때문일 것이다. 사람 몸속의 에너지, 이건 바로 내 몸을 지키는 보물이기 때문이다.

따라서 이 성 에너지를 함부로 낭비해서는 안 된다. 옛날 왕들 중에서 좋은 거란 좋은 거는 다 먹으면서도 장수한 왕은 드물다. 문학가들 중에도 많은 여인들의 사랑을 받았지만 무절제한 성생활로 객사하는 경우가 많았다.

섹스의 목적은 바로 '에고 없음'과 '오르가즘'이다. 사정이 아니다. 오르가즘은 남녀가 성 전기를 공유하면서 나타나고 이루어지는 것이다. 사정은 오르가즘이 아니라 쾌감을 동반한 단순한 신체반응일 뿐이다. 오르가즘이라는 것은 꼭 섹스를 통해서만 얻어지는 것은 아니다. 섹스를 하지 않아도 스킨십 없는 만남을 통해 섹스보다 더 좋은 풍부하고 다형적인 오르가즘을 느낄 수 있다. 여기서 명상을 겸하면 그 오르가즘의 느낌은 더욱 더 오래 지속된다. 연애를 하면서 성욕해소를 하는 건 좋다. 성욕은 '성적 욕구'와 '성기적 욕구'로 나눌 수 있는데 우선 '성적 욕구'를 충분히 채워 천상의 아름다움을 느낀 다음에 '성기적 욕구'로 지상의 아름다움을 느껴야 한다.

또 한 가지 성욕은 참는 게 아니라 변화시켜야 한다. 아예 참는 건 말이 안 된다. 대표적으로 '혼전순결'을 예로 들 수 있겠다.

요즘 성(sex)이 문란하다고 한다. 여성의 옷차림도 야해지고, 성에 대해서 너무 개방적이라고 한다. 하지만 그건 이미지이다. 조선 시대에 겉으로는 혼전순결을 외쳐댔지만 남자 나이 12살이면 기방에 출입했고, 15살의 나이에 술과 담배를 했다. 실질적으로는 '혼전순결' 운운하던 조선시대가 더 문란했다.

중동지방은 성(sex)에 대해서 매우 엄격하다. 한여름에도 여자들이 긴소매와 긴바지를 입으며 심지어 얼굴까지 가리고 다니기도 한다. 첫날밤에 여자가 순결을 지키지 않은 것이 들통이라도 나면 돌로 죽이기까지 한다. 그러나 역설적으로 밸리댄스를 춘다. 미녀가 상체는 속옷만 입고, 하체도 다리가 훤히 드러나 보이게 찢어진 치마를 입고 야한 춤을 춘다.

성을 억압할 때는 하더라도 예외적으로 성을 변화시켜 성욕을 해소해 줘야 한다. 그렇지 않으면 폭발하고 말기 때문이다. 요즘 성인 남녀들의 옷차림도 그렇고 성에 대해서 너무 노골적이라고 말하지만 이렇게 어느 정도 성적인 호기심을 해결해줘야 더 큰 성 문제를 예방할 수가 있는 것이다. 도박도 마찬가지다. 도박을 금지해도 카지노는 허용하는 이유가 그렇다.

TV를 보니까 여자를 500명 사귀었다, 700명 사귀었다며 자랑하는 남자가 있다. 하지만 그리 자랑할 일은 아니다. 실제로 500명을 사귀어서 성행위를 했고, 안 했고를 떠나서 이들은 성행위를 했지만 흡족한 성행위는 하지 못했다. 수박에 비유하자면 연애 수박 겉핥기는 했어도 연애 수박은 먹어보지 못했다. 호떡집

아들은 절대 호떡을 먹지 않는다. 바닷가에 사는 사람은 여름에 바닷가 가서 수영하지 않는다. 왜냐하면 호떡을 너무 많이 먹어서 질리기 때문에 바닷가를 너무 많이 봐서 싫증이 나기 때문이다. 실제 여자 500~700명 사귀어 봤다면 연애가 질려서 더 이상 다른 여자는 쳐다보지 않아야 한다. 그런데 늘 다른 여자한테 늘 집적댄다.

남자를 광부에 비유하면 남자는 부자가 되고 싶다. 그래서 종일 석탄을 캐러 광산에서 고생하며 석탄을 캔다. 남들보다 많이 캐서 더 부유해지고 싶다면 더 많은 시간과 노력을 기울여야 한다. 그에 대한 보상으로 사람들한테 자신의 부를 과시한다. 석탄을 캐서 많은 부를 얻고, 자랑을 하지만 큰 수고와 긴 시간 투자를 감수해야만 한다. 사람 욕심은 끝이 없기 때문에 계속 더 캐고, 더 캐야만 한다. 광산에서 벗어날 수 없다. 그러나 석탄을 캐다 우연치 않게 다이아몬드를 캤을 땐 상황이 달라진다. 이제 광산에서 벗어나 집에서 편히 지낼 수 있다. 세상에서 최고로 귀한 다이아몬드를 간직하며 빈둥빈둥 놀고먹어도 된다. 어쩌다 몸풀이로 광산에 가서 석탄을 캐면 그걸로 흡족하다. 적게 캐도 상관없다. 나한텐 최고로 가치 있는 다이아몬드가 있기 때문이다. 여자를 500명 사귀어서 잠자리를 가졌어도 이들은 섹스라는 연애의 석탄만 가지고 있기 때문에 늘 불만족하다. 여자 5명을 사귀었어도 연애의 다이아몬드를 가진 자는 최고의 흡족을 느낀다.

섹스란 도자기 빚는 일과 같다. 마치 '사랑의 영혼'의 두 남녀

주인공이 같이 도자기를 빚는 거하고 같다. 어떻게 하느냐에 따라 그냥 일반 도자기가 될 수도 있고, 최고로 가치있는 고려청자가 될 수도 있다. 일반 도자기를 500개 가진 자라는 늘 도자기를 빚고 흡족한 상태를 경험할 수 없지만, 5개의 도자기를 가지고 있어도 그중에 단 한 개라도 고려청자를 가진 자는 더 이상 경험할 수 없는 흡족감을 느낀다. 따라서 군이 무리해서 도자기를 빚을 필요가 있다. 필요할 때만 빚으면 된다. 바로 성(sex)으로부터 해방된 것이다.

섹스의 고려청자를 빚는 방법은 바로 연애할 때 바로 이성의 몸에 아예 손을 안 대는 것이다. 5명을 사귀든, 10명을 사귀든 무조건 섹스를 하기보다는 그중 단 한 번이라도 이성의 몸에 아예 손을 안 대는 연애를 한 사람은 바로 고려청자를 가지는 셈이다. 이걸 성기적 욕구보다는 성적 욕구가 우선이라고 한다.

요즘 대한민국에 불고 있는 섹스 문화는 무조건 이성과의 잠자리를 통하여 일반 도자기를 빚는 일에만 골몰하고 있다. 섹스 문화도 웰빙 섹스 문화가 필요하다. 일반 도자기보다는 고려청자를 가지는 섹스 문화가 필요하다. 또한 성적 욕구와 성기적 욕구가 고루 채워진 섹스 문화가 필요하다.

어 린 날 의 실 수

지금까지 살아오면서 깊이 반성하고 있는 일이 있다. 바로 21살 때 학생운동을 한 것이다. 20살 늦가을에 학교에 민주노동당 당원모집을 한다는 것을 보고 가입하게 됐다. 민주노동당은 진보단체이고, 사회정의를 위하고, 약자를 위하는 정의로운 정당이다.

난 급진적이기 때문에, 진보를 좋아하기 때문에 가입했다. 민주노동당 사람 중에 한총련(RO조직)이 한 명 있었다. 민주노동당을 교화시키기 위해서 위장잠입을 한 것이었다. 처음 가입하자 당원들 모두 나한테 잘 대해줬다. 특히 RO조직원 형은 날 특별히 아꼈다. 내가 말하면 잘 들어주고, 잘 챙겨주고, 늘 걱정을 해주었다. 처음에는 날 진짜로 위해서, 좋은 사람이어서 그러는 줄 알았다.

강연회도 가고, 데모도 갔다. 난 불의에 항거하고 정의로운 행위인 줄 알았다. 민주노동당 활동도 하면서 흥사단 활동도 했다. 흥사단에서 형들하고 대화할 때 형들이 농담 삼아 "민주노동당에서 너도 흥사단 교화시키려고 잠입한 사람 아니냐"라고 말했다. 처음엔 그 말이 무슨 말인가 했다.

명절에 작은 아빠한테 내가 민주노동당 활동을 한다고 하니 "거기는 공공의 이익은 전혀 생각 안 하고 오로지 자신의 이익을 위해서 활동하는 곳이야."라고 말했다. 처음엔 그 말이 무슨 말인가 했다.

민주노동당 활동을 하면서 미군기지 반대시위, 국가보안법 반대시위, 5·18 추모집회 등을 하고 사회정의를 부르짖었다. 민주노동당에 잠입한 RO 조직원한테 "형, 민주노동당은 좌파정당이잖아요. 좌파의 목표는 어떻습니까?" 이렇게 물어보니 "에이 80년대는 대학생 전부가 한총련이었고 민주노동당은 좌파정당이 아니라 다양한 생각을 하는 사람들이 모여있는 곳이야."라며 매우 착한 척을 했다.

그러나 학생운동 활동을 하면서 이상한 점이 있었다. 대한민국 정부와 재벌의 부정 비리를 욕하고 약자를 위하고 사회정의를 위하면서 북한에 대해서는 단 한마디도 비판하지 않는 것이었다. 사회의 빈익빈 부익부를 논하면서 북한에서 300만이 굶어 죽은 것에 대해서는 말 한마디 하지 않았다. 여성 평등, 성차별 폐지, 성폭력 예방을 외치면서 북한 좌익독재자가 기쁨조를 만들어 수많은 여성을 성적 노리개로 삼는 것에 대해서는 말 한마디도 하지 않았다. ―민주노동당 당원이 여자에 관해서 하는 얘기를 엿들은 적이 있는데 온통 여자와 잠자리에 대한 얘기밖에 안 했다. 여성을 오직 잠자리 수단으로밖에 생각하지 않았다.― 그래서 북한의 이런 잘못은 왜 비판하지 않느냐고 물어보니 RO 조직원 형이 이렇게 말했다. "그것은 대한민국 사람들의 시각이 잘못된 것이야. 조선 시대 왕이 후궁 거느렸잖아. 기쁨조 그건 뭐 별거 아니야. 미국이 전쟁 일으켜서 무고한 사람들 많이 죽었잖아. 한국전쟁 그건 친미 앞잡이 이승만을 응징하기 위해서 어쩔 수 없이 일으킨 전쟁이야. 한국전쟁으로 300만 죽은 거 그거는 별거 아니야. 삼국시대에도 전쟁 자주 일어났잖아. 그거랑 같다고 생각하면 돼. 대한민국 사람은 이상하단 말이야. 노무현 대통령과 부시 대통령이 잘못하는 것은 말하지 않고 북한 좌익 독재자가 잘못하는 것은 욕하고 말이야."

한마디로 말해서 사회주의를 믿는 자는 절대선이고, 사회주의를 믿지 않는 자본주의는 절대악이라는 논리였다. 다운계약서 작성한 안철수 의원이 말한 바대로 나와 생각이 다른 자는 세상 모든 사람을 적으로 만들어 버리는 사회가 바로 학생운동가(좌익) 사회였다.

이미지는 착한데 실제로는 간악한 인간들이었다. 사람한테는 통찰력이라는 게 있다. 사람을 겉모습만 그럴듯하게 꾸며 속이려 해도 절대 속 모습까지 꾸며 속이지는 못한다. 전북대학교에서 학생운동 하는 사람 중에 살면서 여자친구 단 한 명도 사귀지 못한 사람이 있었다. 아마 평생을 가도 여자랑 연애 한 번 못할 것이다. 중매결혼은 할 수 있어도……. 겉으로는 여성 평등, 성차별 폐지를 외치며 여자를 위하는 척하지만 속으로는 음흉한 사람이기 때문에 여자들이 다들 도망가기 때문이다. 사귀면 바로 성추행당할 텐데 여자가 누구 하나 접근하겠나.

이런 학생운동가들이 대학에서 정의로운 행동을 하다가 대학 졸업 후에는 시민단체를 만들어 활동하고, 일부는 한겨레 신문, 경향신문, 오마이뉴스, 프레시안 등에서 활동하고 있다. 모두가 잘 먹고 잘사는 정의로운 사회를 만들기 위해서. 조선일보가 수구꼴통 신문이라면 한겨레·경향신문은 한총련·좌익사범 신문이다.

이건 아니다 싶어 21살 겨울에 탈퇴를 했다. 탈퇴를 하자마자 그렇게 친하게 굴던 사람들이 날 적으로 대하기 시작했다. 마치 이용당하고 버려진 기분이었다. 전북대학교 총학생회장 형도 민주노동당 당원이었는데 '대학교 법인화'에 찬성한다는 이유로 실컷 이용해먹고 버렸다. 정말 개처럼 충성을 다했는데 토사구팽당하고 말았다. 총학생회장 형도 RO조직원 형이 학생회 운영을 하라는 대로 다 했는데 마찬가지로 토사구팽당했다.

그 이후에 2006년 민주노동당 강간사건, 민주노동당 간첩사건이 일어났다. 정말 탈퇴하기를 잘했다. 민주노동당이 사라지고 그 후에 통합진보당이 탄생했고 RO 조직 내란음모사건이 터지고 정당이 해산하기에 이르렀다.

대한민국 사회는 모두가 잘 먹고 잘사는 정의로운 사회가 아니라 자기 자신의 이익과 생각을 앞세우지 말고 공익을 추구하는 사회가 됐으면 한다.

에필로그

올해 2015년은 건국 70주년이다. 이에 더불어 올해에 남북통일의 가능성까지 떠오르고 있는 중이다. 이쯤에서 부쩍 드는 생각이 있다. 대체 대한민국이란 무엇일까?

현재는 다민족주의가 열풍이다. 요즘에 다민족주의가 열풍이다. 다민족주의는 무조건 선, 민족주의는 무조건 악 이렇게 이분법으로 만들어놓고 일부에서 무조건 반민족적인 외침을 계속하고 있다.

언어만 보지 말고 언어 속에 숨은 본뜻을 봐야 한다. 악마는 각론 속에 숨이 있는 법이다. 일상생활에서도 똑같다. 사물의 겉만 보지 말고, 겉과 속을 다 볼 줄 알아야 한다. 예를 들어 연애를 할 때에도 그렇다. 남자가 꽃다발을 들고 여자한테 고백할 때 진짜로 여자를 사랑해서 프로포즈를 하는 것인지 아니면 단순히 잠자리를 위해서 아첨을 하는 것인지 정확히 구분해야 한다. 다민족주의 여러 민족이 다 같이 어울려 산다는 착한 명분 뒤에는 '국가 개별성 파괴'라는 무시무시한 의도가 숨어있다. 마치 공산주의와 같다.

공산주의는 프리메이슨 칼 마르크스에 의하여 만들어졌다. 프리메이슨은 자신들의 세계 정복을 위해서 항상 두 개의 세력을 만드는 계획에 따라 자본주의 외에 공산주의라는 또 하나의 체제를 준비했다. 따라서 공산주의는 프리메이슨의 조종에 의해서 세워지게 됐고, 공산주의의 평등·자유 사상은 프리메이슨의 이념인 평등, 박애, 자유에서 따온 것이다.

2004년 미국의 역사학자는 대한민국은 중국, 일본, 러시아, 미국 4마리의 코끼리에 둘러싸인 호랑이라고 말했다. 대한민국이 만약 남아프리카 공화국 자리에 있었다면 아프리카는 물론 유럽에까지 영향력을 행사하며 세계의 중심국으로 살아갔을 것이다. 하지만 지금 대한민국의 자리는 너무 안 좋다. 아무리 힘을 쓰려고 해도 세계 극강의 강대국들에 둘러싸여 제대로 힘을 쓸 수가 없다.

대한민국이 5,000년 동안 국가를 유지하며 정체성을 유지해온 것 자체가 기적이다. 티베트 등 중국을 지배했던 흉노, 돌궐 등 전부 중화에 동화되었다. 하지만 중국에 가장 가까이 인접해 있는 대한민국은 중국에 동화되지 않았다. 세계 역사학자들은 이점을 의아하게 생각하며 아이러니라 여긴다. 그 이유는 바로 대한민국 민족의 순수성과 민족주의에 있다.

현재의 다민족주의는 반민족주의에 가깝다. 민족의 정체성을 없애고 모두가 혼혈인 되자는 논리이다.

진정한 다민족주의는 각 민족들이 정체성을 지키며 서로의 민족성을 존중하고 차이를 이해하고 받아들이면서 비빔밥처럼 조화를 이루어내는 것이 진짜 다민족주의이다. 절대 반민족주의가 아니다.

국가 정체성은 바로 민족주의에 기반을 두고 있다. 민족주의를 지켜내느냐 안 지켜내느냐에 따라서 국가의 운명이 좌우된다고 해도 틀린 말은 아닐 것이다.

민족주의를 통해서 내 민족과 내 국가 그리고 우리들 모두를 지켜내야 한다. 지구 인류가 모두가 혼혈이 된 상태에서 소수가 다수를 지배하는 공산주의-세계정부 체제가 아니라— 모두가 공평하게 사는 천하위공 말이다.